もう一度、ジュピター

小野寺 康志
ONODERA Yasushi

文芸社

一

小田亀蔵は、今朝も玄関掃除と息子の靴磨きをしていた。教師を定年退職し、することといったら、この朝掃除と靴磨き、それに散歩である。あとはごろ寝でほぼ一日が終わる。

退職教師のおよそ八割は、再任用を選び仕事を継続する。が、亀蔵はきっぱりと断った。退職したらこれを始めるという明確なプランがあったわけではない。教師という職業に疲れ切っていたのと、三十八年間それなりに勤め上げたという思いがあったからである。その決断に後悔はしていないが、いざ、あり余る時間を手に入れると、自分と向き合い、したいことをすることが、意外に大変だということに気付かされた。無趣味で、これと言って取り柄がないことも災いしている。

年金の受給まではまだ四、五年ある。先々のことを考えると、この間の無収入状態が不安にならないこともない。生活は、住宅ローンの残債に充てた退職金の残りといささかの蓄えがあるから、贅沢《ぜいたく》さえしなければ食べてはいける。しかし、これまで毎月一定の収入を得ていた暮らしから、貯金を取り崩していく今の生活スタイルに変わると、まるで減点ばかりが目立つ答案を採点しているような気分になって、滅入ってしまう。月々の支出から単純にあと何年蓄えが持つのかを計算するたびに憂鬱になる。

それなら、清貧とまではゆかずとも、質素倹約を心がけ、地味な暮らしをすればよいとも思うが、退職して間もない上に、有漏《うろ》の身の亀蔵にとってそうした崇高とも言うべき精神生活に切り替えることは至難である。どうしてもこれまでの生活をベースにこれからの暮らしを考えてしまう。

しかし、この先も今までのような生活が続くわけはないのである。子どもは手を離れ、妻は妻で自分の生き方を大切にするだろう。仕事という拠り所がなくなり、家庭の有り様も変わっている。そういう環境の変化に適応していかなければならないのだが、今の亀蔵は、頭ではわかっていても、真に自立して充実した生活を送っているとは言い難い。時間を持て余すという贅沢な悩みを解決するには、やはり再就職するのが一番手っ取り早いのだが、そこまでの踏ん切りもつかない。

あれこれ考えると、自分の今の選択が果たしてよかったのかとだらだら悩む。だが、後悔すれば自分の選択が失敗だったと認めてしまうことになり、亀蔵の小さなプライドが許さない。そもそも人生とは大小の選択の連続であり、どんな選択にもメリットとデメリットがあることぐらい亀蔵もわかっている。だから、頭の中でいろいろと考えを巡らした挙げ句、今の選択がベターなのだと自分を納得させ、一応のけりをつけるのが、ルーティンである。

この思考が、まるで荒磯に打ち寄せる波のように無意味な繰り返しに過ぎないことに気が付くと、さすがに亀蔵も馬鹿らしくなってきた。結局時間つぶしのために頭を使っているだけで、何一つ生産的なことはない。

思索のための思索なら、いっそのこと哲学的なテーマにでもすればよさそうだが、在野の研究者でもなければ大学の教授でもない亀蔵には、これが専門分野であると胸を張れるようなものはない。今更一知半解《いっちはんかい》な知識で葦《あし》の髄から天井を覗く姿は滑稽である。いい気になって垣覗《かきのぞ》きばかりしていると、いつの間にか増上慢《ぞうじょうまん》的発想と衒気《げんき》の毒に侵され、ついには家族からも鼻つまみになる。しがない一介の教師に過ぎなかった者が、にわか勉強をしたところで、碩学鴻儒《せきがくこうじゅ》になれるわけはないし、さりとて特段の向学心があるわけでもない。

最近あちらこちらで、人生百年時代という商業コピーが目につく。確かに日本人の平均寿命は男女ともに八十歳を超えている。「人間僅《わず》か五十年」とは、戦国時代の武将織田信長が愛誦した言葉だが、大まかに言って江戸時代以前なら四十年、明治から昭和の前半あたりまでで人生五十年とみれば、目覚ましい延び方ではある。しかし、生物学的には人間の寿命は百二十歳くらいだそうだから、それからすると、まだ四十年程度は短い。ただ、平均寿命＝健康寿命とならないことは誰もが知っている。人生百年という謳い文句は、コマーシャリズム上使用する場合を除き、絵に描いた餅であろう。

今日の平均寿命の話に戻ると、六十歳くらいでリタイアして、あと二、三十年の余生はあるから、この残された時間をいかに生きるかということが、誰にとっても避けて通れない関門になる。人生百年とか、第二の人生とか、シルバーライフといった美化的な語に日頃から冷めた視線を送っている亀蔵も、まさに当事者として、もぎり嬢のいないこの入場門をくぐったわけである。

ゲートを通過したのはいいが、亀裂にはもう一つ、避けて通れない現実が突きつけられる。それは、死についてである。これまでは、親もまだ生きているのだからといった気持ちで、自分の死など考えることはあまりなかった。ところが、還暦を過ぎ、親も亡くなると、初めて死の海面が、ぼんやりとではあるが、遠くに見えてきた。もう、親はどちらもいなくなってしまった。次は自分の番だといった思いが頭をもたげる。

退職後の人生が楽しく充実している人は羨《うらや》ましい。新しいことにチャレンジしたり、現役時代にはなかなかできなかった趣味に没頭したり。あるいは新たな出会いと人間関係を築いて活動の輪を広げたり。とにかく何かに打ち込める人は幸せである。そうかと思えば、超高齢化社会にあって、親の介護に否応なく直面し、残りの人生を捧げざるを得ない人もいる。人生は十人十色である。どういう人生を歩むにしても、自分の軸を外に置くのではなく、自分の中にしっかりと確立しておくことが、これからは特に重要になるのだろう。

亀蔵の場合はどうか。これまで他人の評価を気にしたり、他人と比較したりして、一喜一憂することはなかった。幸せの尺度は自分の中にしっかりと持っていたつもりである。ところが、仕事を辞めて無聊《ぶりょう》をかこつようになると、自分の軸がしだいにぶれていくのを実感する。理念と現実のギャップに亀蔵は苦笑いするしかなかった。自分軸を外に置いたまま、便便《べんべん》と日を過ごしていれば、秋風索漠《しゅうふうさくばく》たる余生になることは、ほぼ間違いないだろう。

年金支給開始年齢の段階的な繰り下げに呼応するように、退職後も働く人が増えている。政府も「生涯現役社会の実現」を掲げて、定年後の再雇用などを推し進める。亀蔵は六十歳で定年を迎えたが、近年では六十五歳まで働ける機会をつくるよう企業に義務づけられている。さらに、努力義務とはいえ、それが七十歳まで引き上げられた。定年退職後の働き方をめぐっては、さまざまな問題点があることを亀蔵は承知していた。定年前後で仕事内容は変わらないのに、報酬が下がるのは、学校も企業も同じだろう。また、歳を重ねれば、誰でも身体や認知の機能が低下し、それに伴う労働災害も懸念される。高齢者の活躍と言えば聞こえはいいが、高齢者が酷使されている現状に国や社会はきちんと目を向ける必要があるのではないかと思う。とにもかくにも、「生涯現役」という世の中の流れは、止まりそうにない。

生活のために不承不承稼いでいる人がいる一方で、外に出て活動するのは精神衛生上良いと考える人も少なくない。理由はさまざまだが、家に籠《こ》もらず、外に出て働けるうちは働くというのが一般的な姿なのかもしれない。働かない選択をした亀蔵にも、働くことのメリットはわかっている。報酬が手に入るとか、世の中のために役に立つとか、直接的な手応えもあるが、それ以上に、社会に出れば気持ちに張りが生まれ、自己実現や成長を遂げられる可能性もある。「小人《しょうじん》閑居して不善を為す」というように無聊にろくなことはない。

ところが、その無聊を肯定的に捉えていた人物がいる。『徒然草』を著した兼好法師である。彼は、「つれづれ（無聊であること）」を、独り静かに思索に耽ることができる望ましい状態と考えていた。だから、「つれづれわぶる人はいかなる心ならむ。……ただひとりあるのみこそよけれ（することもなく、暇でいることをいやがる人は、いったいどういう気持ちなのか。……ただ独りでいることが一番よいのだ）」と述べる。孤独を愛し、思索するだけの該博《がいはく》な知識と深い思考力があれば、こういう境地にも至れるのだろうが、凡人はそうはいかない。

それなら、いっそのこと無人島にでも行って、日がな一日、ぼーっと過ごすのはどうか。三百六十五日、時間と仕事に追われる猛烈サラリーマンなら、そういう「劇薬」も一時的には効果があるかもしれない。しかし、普通の人間が、人も書物も文明の利器も一切遮断して、ほんとうに何もしないで過ごせるものだろうか。おそらく三日ともたないのが現代人の性ではないか。

けれども、そんなことをごたごたと言っているよりも、五体満足、健康でいられることがどれほど有り難いか。余計なことに気を取られず、成り行きに任せ、あるがままに生きるのも生き方の一つだ。足るを知り平穏無事を尊しとすべしという道徳観と、無為自然の生き方に対する憧憬が、脳裏をよぎることもあった。だが、隠者や道士でもない亀蔵は、たちまち俗塵《ぞくじん》にまみれる。このまま無為に毎日を過ごして人生が朽ちてよいのか。座して死を待つような消極的な終わり方で満足か。さすがにそれは寂し過ぎる。ここでもまた、思考の整理がつかなくなるのだった。

やはり、社会に出て何かしようか。現実問題が顔を現す。では、何ができるのか。特段愛想がよい方ではないし、第一印象も同様だ。接客業や営業はまず向かない。車の運転はできるから、個人事業主となって孫請けの宅配便ドライバーという手もあるが、昨今ＡＩに管理された一日数百個もの荷物を、早朝から夜遅くまで働き詰めでこなすのは体力的に続かない。そうかといって工事現場の交通誘導員も自信がない。雨の日風の日雪の日、一日中外での立ち仕事も大変だが、停車を強いられた一般ドライバーから謂《いわ》れのない罵詈雑言《ばりぞうごん》を浴びせられるのは、たまったものではない。

小心で不器用、人付き合いの下手な亀蔵に適した再就職先は、なかなか見つかりそうもなかった。今更自己分析ではないが、人様に語れるような趣味も特技もなく、運動も不得手で、教員免許のほかにこれと言った資格もないから、教員しかできなかったわけだ。そうは言っても、教師に向いていたのか、適職だったのかは定かでない。では、どうして教師の道を選んだのか。消去法の側面や生活のためという理由もあるが、元来、子どもと関わり、教えることが嫌いではなかった。

仕事には三つの側面があるという。一つは「労働」という面。ヒモやギャンブルなどで生活ができるのであれば話は別だが、普通の人は、生存のために働かなければならない。二つ目は「職業」としての側面である。直接、間接を問わず、仕事を通して世のため、人のために役に立ちたいという思いは誰にでもあるだろう。そして、三つ目が「天職」である。文字通り天から授けられた仕事に就いて、自己実現や成長を遂げられる人は幸せである。亀蔵も教師が天職ですと胸を張りたいところだが、そこまで言い切れる自信はなかった。

ハローワークにわざわざ出向いて、相談員に忠告されるまでもなく、何の取り柄もアピールポイントもなければ、強い志望動機もないことが、再就職の妨げになっていることを、亀蔵はこの時点で率直に認めざるを得なかった。

妻は、今まで何十年と働いてきたのだから、ゆっくり休んだらと口では理解があるようなことを言っているが、本心はわからない。それも仕事を辞めたばかりの頃の話で、近頃ではゆっくりの「ゆ」の字も聞かなくなった。

息子は、仕事の帰りが遅く、朝は早く出て行くので、顔を合わせる時間はほとんどない。二足ある革靴を毎日交互に磨いてやることだけが、息子との接点といえば接点である。だが、いまだに感謝の言葉を息子から聞いたことはない。おやじは暇だから靴を磨くことぐらい当たり前だと思っているのか。あるいは内心では感謝しつつも、照れくさくて正面切って言い出せないのか。それはわからない。

　妻も息子もそれぞれに活動領域があり、不法に侵入されることを嫌う。家の中が平安であればそれで良しとするしかあるまいと亀蔵は自分に言い聞かせる。

二

　何もすることがない亀蔵の唯一の気分転換は、散歩である。仕事を辞め散歩をするようになって痛感するのは、高齢者と介護施設の車、それに無人の家が目立つことである。少子高齢化が大きな社会問題になって久しいが、実際に身近なところで事態が急速に進行していることをひしひしと感じる。自分もあと数年もすれば、高齢者の仲間入りかと思うと、沈鬱になる。どうしてもこの国の未来に明るい展望を持つことはできない。

亀蔵には散歩の途中に立ち寄る公園がある。円形のベンチと二人用のブランコがあるだけの小さな公園である。平日は、ときどきブランコで遊ぶ幼子と若い母親に遭遇する程度で、ほとんど人は来ない。人工的に植えられた公孫樹《いちょう》の木陰で一休みするには都合がいい。

その日も亀蔵は無人の公園に立ち寄った。ベンチに腰掛けてぼんやりと入り口の方を眺めていたときである。紺色のトートバッグを肩に掛け、髪をポニーテールに束ねて、就活用の黒色のスーツをまとった若いスリムな女性が公園に入ってきた。亀蔵がいることには気付いたようだが、かまわずブランコのある方に向かい腰掛けた。見るとはなしに見ていると、ブランコのロープを握ったままうつむき加減で何か考え事をしているようだ。しばらくすると、彼女が自分の方をしきりに見ているのがわかった。視線を合わせるのも不自然なので、そろそろ公園を出ようかと立ち上がろうとしたときである。

「あのぅ……失礼ですが、もしかしたら小田先生ではありませんか？」

女性が亀蔵に声をかけてきた。突然のことでまごついたが、亀蔵は冷静さを装い、

「えぇ、そうですが」と応じると、女性はにっこりして言葉をつないだ。

「ああ、やっぱり。亀蔵先生でしたか。公園に来たとき、先生に似ている人が座っているなぁとは思ったのですが……私は荒木悠子と申します。高校三年のとき先生のクラスでした」

とっさに記憶の糸を手繰ってみたが、思い出せなかった。亀蔵は半ば申し訳なさそうに、小声で呟《つぶや》いた。

「あぁ、そうだったか。ちょっと待って。アラキ……アラキユウコねぇ……」

担任をしていたとはいえ、生徒全員の名前を憶えているわけではない。何か記憶に残るようなエピソードや印象深い出来事でもあれば別だが、いわゆるごく普通の生徒だと忘れていることが多い。逆に生徒の方は教師をよく憶えている。生徒にとって教師は一対一、教師にとって生徒は一対多の関係だから無理もない。

「学級委員をしていた李乃や雄介、ひょうげたことをよく言っていた孝雄も一緒でした。それと、学校に来なくなった男子がいて、先生は毎朝、教室に入るなり真っ先にその子の席を見て、空席だととてもがっかりした表情をされていたのを覚えています」

　不登校だった生徒のことまで彼女が話し出したので、亀蔵は当時の記憶が急速に甦《よみがえ》ってきた。確かに不登校の生徒を抱え、苦労した思い出がある。

「ああ、そうそう、思い出した。私が最後に担任をした子どもたちだ。あのときのクラスの荒木……いやあ、だいぶ雰囲気が変わっていたので、すぐには思い出せなかったよ。そうか……あれから七年になるなあ」

「先生は今どちらの学校にお勤めですか？」

「私？　この三月で定年退職したよ」

「そうですか。でも、再任用は希望されなかったのですか？」

「うん、断った。退職してから何もしていない。今日もこうして散歩だよ。よかったら、こっちに腰掛けて話さないか」

　亀蔵は悠子を促した。

「ところで、悠子は今何をしているの？　今日は休み？」

　亀蔵が、平日の午後に公園で出会った事情を尋ねたとき、悠子は一瞬言葉を澱《よど》ませた。それから、遠くを見るようにして言った。

「今は中学校で講師をしています。今日は行事の振休なんです」

「あぁ、そうか。ここに立ち寄ったのは、どこかへ行く途中？」

「えぇ、午前中、ある塾の面接を受けて、その帰りです。でも、あまり手応えを感じなくて……それに、いろいろ話を聞いてみると、私にはやはり無理かなぁと……」

何か訳がありそうだったが、亀蔵はあえて詮索《せんさく》するのを避けた。

「でも、佐知夫はあのときよく立ち直りましたね。みんな一緒に卒業できてほんとうによかったと思います。先生の粘り勝ちですね」

不登校だった多田佐知夫の名前を悠子が自然に口にしたことが、亀蔵を少し驚かせた。が、すぐに気を取り直した。彼女の中で佐知夫は特別な生徒でも何でもなく、クラスメートの一人だと気付いたからである。

「先生が佐知夫のために手を尽くされたことを思うと、今の私なんて……」

悠子が視線を足下に落として、しんみりとした表情になった。

「中学校の講師ということだけど、担任でもしているの？」

亀蔵は、講師が担任をすることはあまりないとは知りながら、元気のない悠子の表情が気になって、尋ねてみたのだった。

「はい。常勤で一年生のクラス担任をしています。でも、私の手には負えそうもなくて。もうだめかなと……それで、今日は塾のアルバイトでも探そうかと思って……」

「面接に行ってきたというわけか。それでさっき何か考え事でもしているように見えたのか……」

悠子は亀蔵に見られていたことを気にはしていないようだった。それよりも、どこか逡巡《しゅんじゅん》している素振りを見せた。

「先生、もしお時間があったら、私の話を聴いていただけませんか？」

かつての恩師に偶然再会したことで、迷いが吹っ切れたのか、悠子は亀蔵の方に視線を向けた。

亀蔵に予定などないから、断る理由などもちろんない。

「ああ、いいよ。どんなことがあったのか話してみて」

悠子は、これまでのいきさつを語り始めた。

「この四月から常勤講師として採用され、すぐに一年生のクラス担任を言い渡されました。ところが、無我夢中でスタートを切って間もなく、一人の男の子が学校に来なくなってしまったのです。原因は仲良しだった友達と別のクラスになり、話し相手も、一緒に活動できる子もいなくて、学校がつまらない、行くのがいやになったというのです」

中学生とはいっても、まだ小学生気分が抜けず、小学校と中学校のギャップに翻弄《ほんろう》される子は多い。教師はそのあたりの心理をよく汲《く》んで、小学校から中学校へのソフトランディングができるように配慮しないと、不安やストレスから学校を休む子が出る。

悠子は、講師として赴任し、はじめて担任という責任重大な役割を与えられた。学校現場の人手不足や大変さもわかるが、子ども第一の観点からもう少し適正な人員配置はできなかったものだろうか。何も悠子個人の資質を問題にしているのではない。中学一年生という特性を考慮し、ある程度経験のある教員を充てるべきではなかったか。昨今の教育現場が抱える窮状の一端が窺《うかが》われ、悠子のような苦境に誰がいつ立たされても不思議ではないと亀蔵は思った。

「近くの同僚に話してみるとか、先輩に相談するとか、できないの？」

「えぇ……それがみんな自分の仕事で手一杯という感じで……話しかける時間もきっかけもなかなか見つからなくて……」

「学年主任もいるだろうし、いざとなったら管理職に相談することもできるんじゃない？」

「学年主任の先生には話しました。担任は大変よとか、中学校の生活に戸惑っているのかもね、といった感じで、どこか逃げ腰というか……」

「言を左右にするばかり……か。だったら管理職に話してみるとか」

「これがまた……教頭先生も電話の応対をはじめとにかく忙しそうなんです。そういうところに、相談を持っていくのは何となく気が引けて……」

結局、悠子が一人で問題を抱え、対応せざるを得ない状況になっていた。

さらに、事態を難しくしていたのが母親だった。当初は、クラスの生徒や担任に心配をかけて申し訳ないと低姿勢だったが、最近では、子どもが学校に行けないのは、学校に原因があるのだから、クラスを変えてくれと無理な要求をしてくるようになったという。

「保護者の気持ちもわかるよ。大事な子どもを学校に託しているのに、その子が孤独を感じて学校に行けなくなったんだから。早く何とかしてほしいと思うのは当然だ。本人も保護者も日を追うごとに、不安と焦りが強くなる。電話のやり取りだけでは限界があるから、面談とか、場合によっては家庭訪問とかしなかったの？」

「はい、母親は家庭訪問でもいいということだったので、自宅に伺いました。一時間以上話し合いましたが、結局堂々巡りで終わってしまいました。私としては家庭と協力しながら、何とか解決の糸口を見出したかったのですが、そういうことにはならなくて……亀蔵先生がおっしゃるように、母親の不安はとても強いと感じました」

「本人は顔を見せた？」

「はい、はじめは部屋にいたようですが、母親が促して、出てきました」

「どんな表情だった？」

「顔色が悪いとかはなかったのですが、やはり元気そうには見えませんでした」

「それはそうだろう。何か話ができたの？」

「私から声をかけました。『大丈夫？』『元気にしてた？』と聞くと軽く頷《うなず》くだけで、言葉は発しませんでした。緊張があったのかもしれませんが、やはり不安の方が大きいのだろうと思いました」

「顔を見られたのは良かったと思うよ。本人の中にはこのまま学校を休んでいいのか、という不安がきっとある。中には部屋から出てこない子もいるからね。理由はさまざまだが、先生に会うと、『学校に来ないの？』と言われるのが怖くて顔を出さない子もいるよ」

「子どもの顔を見ることができて、私もほっとしました。それと、今、亀蔵先生のお話を聴いて、『学校に来ないの？』と、気安く言わなくてよかったと思います」

職場で孤立し、保護者の理解と協力も得られぬまま心身ともに疲弊していた悠子は、かつて不登校だった生徒を立ち直らせた亀蔵に、当時の苦労や、何が奏功したのかを教えてほしいと言った。

思ってもいなかった申し出に、亀蔵は七年前の記憶を辿《たど》り始めた。

三

佐知夫が高校二年生の後半から休みがちになっていたことは、当時別のクラスの担任をしていた亀蔵もわかっていた。

その佐知夫が何とか三年生に上がり、クラスが変わったことで登校するようになればと淡い期待を持っていたが、始まって二週間もたたないうちに学校へ来なくなった。

朝、席にいないことを確認すると、職員室に戻って佐知夫の自宅に電話を入れることが、亀蔵の日課になった。

「おはようございます。担任の小田です。佐知夫君は今朝も来ていませんが……」

「えぇ。今朝も寝ているようで部屋から出てきません」

母親が、申し訳なさそうにやや悲痛な声で応える。

「わかりました。それでは、今日もお休みですね。お大事にしてください。何かあったらいつでも連絡をお願いします」

「ありがとうございます」

これだけの手短なやり取りで電話は終わる。型通りといえばその通りだが、保護者と連絡が取れ、安否が確認できれば良しとしようと亀蔵は考えていた。家庭と学校のつながりを断ち切らないことが肝心なのである。もちろん、保護者の意向や家庭の事情によっては、連日の架電を嫌うこともあるので、個別事情に配慮した、適切な連絡方法を築いておく必要がある。いずれにしても、保護者は、担任の姿勢に敏感になっているのは、確かだった。このことは、これまでにも不登校生徒を受け持ってきた亀蔵の経験から言えることでもあった。

また、電話の言葉にも亀蔵は敏感になる。例えば、「今朝も寝ていて……」ではなく、「今日も行きたくないそうです」と言うときは、保護者が作り話をしていないとすれば、本人は目を覚まし、意向が確かめられている証拠である。さらに言えば、昨夜はあまり夜更かしをしなかったのかもしれない。

電話での会話に一喜一憂はできないが、どこか声の調子や話し方がいつもと違うなと感じたときには、記録として残しておくことがその後の指導に役立つこともある。

「先生は、佐知夫の母親とのやり取りに神経を使われていたのですね。ただの事務的な欠席連絡ではなかった……」

悠子は、感慨深げに呟いた。亀蔵は続けた。

「本人は学校に行けないことに悩み苦しんでいる。真面目で正直な生徒ほど、申し訳なく思い、自分の弱さや意気地のなさに歯痒《はがゆ》い思いをしている。自分はダメな人間だと烙印《らくいん》を押し、学校に行かない、あるいは行けないことで級友や近隣の人から白眼視されていると思い込んでしまう。そうして、孤立を深めていく。引き籠もりもここから始まることが多いんだ。こういう不安定な精神状態でいるところに、『なぜ、お前は学校に来ないんだ。このままだと大変なことになるぞ。明日からすぐに登校しなさい』と言うのは、百害あって一利なしだ。見方を換えれば、それは恫喝《どうかつ》であり、もうお前は学校に来なくていいと言っていることに等しい。だから、登校を催促したり強制したりすることとは厳禁だよ」

「そうか。大人の都合で話をするのは逆効果なのですね。では、先生、保護者はどうしたらいいのでしょう？　私のクラスの母親もずいぶん困っているようです」

悠子が亀蔵に尋ねた。

「保護者も同じだよ。電話口で何となく突き放したように『今日も休ませます』と言われると、家庭で何らかのトラブルがあった可能性がある。そういうときには、親子の間で『学校に行く、行かない』で言い争いになっていることがあるんだ。『いつまでも休んでないで、学校へ行きなさい』と言うことは、本人の気持ちを硬化させるだけだよ。だから、保護者にも子どもを責めるような言葉は慎むようにアドバイスしておく必要がある」

「ああ、それでさっき『学校に来ないの？』と私が言ったかどうかを気にされていたのですね。家の人からも担任からも責められたら、子どもは逃げ道がなくなってしまう」

亀蔵が頷く。

「ところで、悠子も高校は義務じゃないから、出席日数が進級や卒業に関わることは知ってるよね。不登校の生徒とその保護者が最も懸念するのは、そこなんだ。欠席が多ければ、退学や留年もあり得るということは、一応入学時に説明されている。しかし、その詳しい中身が十分に理解されているのかといえば、必ずしもそうではない。

もっとも、それも当然で、入学した早々、退学や留年を真剣に考える生徒や保護者はまずいないからね。だから、規定を覚えていないのも無理はない。入ってみたものの何かが原因で、休みが一ヶ月、二ヶ月と増えていったとき、はじめて退学や留年という文字が脳裏に浮かぶと思う。成績不振や進路変更など、理由はさまざまだが、どこの高校でも退学者は一定数出ている。しかも、その数は年々増加傾向にある。ここのところ、通信制の高校やサポート校が繁盛しているのはその一証左だね。そこで、不登校がはっきりしてきた段階で説明しておくことが肝要だ。事態が窮まってからでは後の祭りだからね。ただし、あくまで規定の確認と共有にとどめておく。説明の仕方によっては退学や留年という言葉だけが独り歩きし、無用な誤解を招くことになりかねない」

悠子は頷きながら聴いていたが、亀蔵の表情が少し険しくなっているのを見て取った。

「ところが、学校の規定はこうなっていますからと、木で鼻を括《くく》ったように話す教師もいる。生徒に不利益を及ぼすような規定の解釈や運用をしてはいけない。そうではなく、最悪の事態に至る前に手立てを講じなければならない。規定の話をするときには、生徒を萎縮させたり、絶望させたりしないように細心の注意を払う。でもね、残念なことだけど、こんな当たり前のことがわかっていない教師も少なくないんだ。中には、ろくに不登校への対策も講じず、欠席数の多さと規定を盾にして、生徒を退学に追い込んでしまった教師もいたよ。書類上は『進路変更』と記載されても、内実は『不本意退学』ということも稀《まれ》ではない」

悠子は、話を聴いて暗い気持ちになった。亀蔵にもどこかやり切れない思いが滲《にじ》んでいるようだった。

「かつて、指導力不足の教師が大きな社会問題になったことがある。教員免許の更新が義務づけられるという異常な事態にまで発展してね。そういう大きな問題にはならないが、子どもへの愛情と責任感の希薄な教師にたまたま受け持たれたことによって、人生に狂いを生じた若者はけっして少なくないと思う。今どきの言葉を使えば、『親ガチャ』ならぬ『担任ガチャ』というところかな。その典型が不登校生徒に対する向き合い方に現れる」

「担任ガチャ」という言葉に、悠子ははっとさせられた。私もひょっとしたら保護者や生徒から「担任ガチャだよ」と言われているかもしれない。そうだとしたら、申し訳ないし、そういう自分自身がとても情けない。

亀蔵が、ときに厳しい口調で教師について語るのを見て、悠子は少なからず驚いた。しかし、裏を返せば、教師であってもけっしてきれいごとだけでは済まないということだとも思った。そして、光と影は何も学校に限ったことではなく、どんな世界でもあることだと思う。ただ、教職がほかの職業と決定的に異なるのは、未来の社会を担っていかなければならない、大切な子どもたちを相手にしている仕事だということだ。講師として、しかも担任として子どもたちの教育に携わっている以上、相当の覚悟を持って仕事に当たらなければならないと、悠子は改めて肝に銘じた。

「悠子、私の話を聴いて、それなら同僚として、あるいは先輩教師として、物足りないと思う教師にアドバイスの一つもできなかったのかと思っているんじゃないか？」

悠子の気持ちを推し量るように亀蔵が言った。

「そうだとしたら、さっき悠子が言っていたことにも通じる。高校の職員室は机と机の間に見えない壁があってね。コミュニケーションが必ずしも円滑ではない。それに、同僚からの助言をあまり歓迎しないところがある。もちろん、端《はな》から受け付けないとか、全ての教師がそうだと言っているわけじゃない。中には、同僚の助言に謙虚に耳を傾ける教師もいる。でも、多くの場合、自分の中にポリシーのようなものがあって、頑固なところがあるんだ。教師というのはね、一般に学校の外の世界をほとんど知らず、生徒や保護者、同僚からはもちろん、出入りの業者に至るまで、『先生』と呼ばれることに抵抗がない。それに大した人生経験も積んでいないのに、自分はまるで出来上がった人間であるかのように振る舞って平気でいる。夜郎自大《やろうじだい》な教師も問題だが、その独善的な態度が、あるときには生徒をひどく萎縮させ、またあるときには生徒から最も軽蔑される。その存在自体が、生徒へのハラスメントになっているということに思いが至らない」

亀蔵の話が一段と熱を帯びてきた。が、その表情には明らかに苦渋の色が表れていた。亀蔵が、教師の恥部をさらすようなことを言うのは、相応の信念と覚悟があってのことに違いないと悠子は思った。

「こういうことを言うのは、私も教師の端くれとして恥ずかしいことはわかっている。自分で自分の首を絞めるようなものだからね。不快な思いや失望を与えたのなら謝るよ。でも、悠子にはあえて『清濁併せ呑む』覚悟を持って、この仕事に臨んでほしいと思う」

悠子も、亀蔵の気持ちはよくわかっていた。

「いいえ。亀蔵先生の真剣さと、根底にある教師への熱い思い、そして、子どもに対する深い愛情をひしひしと感じます。私も今、学校で先生の指摘されるような、影の部分を経験していますから、不快には思いません。失望もしてないです」

続いて亀蔵は、核心とも言うべき不登校の話へと移っていった。

「明らかに不本意入学や怠学でもない限り、不登校には必ず理由がある。表面的な事象や欠席数だけを見て、杓子《しゃくし》定規に生徒に対応したのでは、救える生徒も救えない。それはあたかも電子カルテと検査データばかりに注目し、肝心の患者の表情や目を見て話をしない医者とどこか似ている気がする。そうではなく、病気を治すのは患者自身であり、医者はその手助けをする立場だと考える医者こそ、真に頼りになる医者ではあるまいか。それと同様に生徒の立ち直る力を信じ、その力を引き出すために最善を尽くすのが教師の本分だと思う。不登校に限らず、さまざまな悩みや苦しみを抱えている生徒は、近年特に増えている。誰にも相談できず、苦しんだ末に、越えてはならない一線を越えてしまう悲惨なケースも後を絶たない」

悠子が応じた。

「先生の言葉一つ一つにとても重みを感じます。私も学生から教師に立場が変わって、全く別の見方になりました。ですが、教師も人の子です。ほんとうはこうしてあげたいと思っても、さまざまな理由でできないこともあるでしょう。勝手な想像ですが、良心の呵責《かしゃく》に悩んでいる人もいると思います」

「確かに私もそれは否定しない。昨今の教育環境の厳しさや不合理にきちんと目を向けなければならないのはもちろんだ。だが、それを承知の上で思うんだ。森を見なければならないときもあるが、一本一本の木を見ることの方がはるかに大切なときもあるとね。すくすくと伸びる木がある一方で、生長が遅かったり、害虫に蝕《むしば》まれたり、病気に罹《かか》っていたりする木もある。個を大切にすることは、学校教育の基本だよ」

亀蔵の抑揚を抑えた、それでいて熱のこもった話に悠子は少し気後れしそうになった。

「悠子、学校で生徒が一番頼りにするのは誰だと思う？」

「そうですねぇ、気の合う先生とか部活動の顧問とかいろいろいるかもしれませんが、やはり担任ではないでしょうか。だって、日常的に最も接するのが担任ですから」

「そうだよ。生徒が一番頼りにするのは担任だ。特に、不登校とか、いじめとか、クラスで事が起きたとき、子どもたちは担任を注視する。クラスは大丈夫かという不安があるから、担任の言動がそのまま子どもに影響する。先ほど、『担任ガチャ』の話をしたけど、そんなことを気にするよりも、子どもの心をつかみ、安心させることが第一だ。そして、問題解決のために粉骨砕身する」

悠子は頷くが、どこか不安そうな表情を浮かべた。

「先生、私は、不登校生徒を抱えながら担任として右往左往するばかりです。とても生徒から頼りにされる存在ではありません。親からもそう思われているでしょう。先生は気にするなとおっしゃいますが、『担任ガチャ』ですね。でも……」

亀蔵は、悠子の次の言葉を待っていた。自棄的になって言っているのではない。失意の淵に沈んでいるのでもなかった。それは彼女の目を見ればわかることだった。

「自信はありませんが、覚悟はあります。先生は、佐知夫の保護者とのやり取りをとても大事にされていました。保護者との良好なつながりをどのように築いたのか、もう少し詳しく教えてください」

亀蔵は佐知夫や保護者と面談したときのことを話した。


不登校から一月《ひとつき》ほど経った頃、亀蔵は今後の見通しを説明したいと保護者に伝えた。その一週間くらい前から言い出すタイミングを見計らっていたのだが、幸い保護者の方から、「先生、このまま休み続けて大丈夫でしょうか?」という相談があった。

「まだ大丈夫です。でも、心配でしょうからこれからの予定をお話ししましょう。私から伺っても、学校へお越しになってもどちらでもかまいません。いかがでしょう?」

「本人も一緒の方がいいですか?」

「いえ、それは本人次第です。佐知夫君が望むようにしてあげてください」

「わかりました。佐知夫と相談して、またご連絡します」

翌朝、亀蔵が定時の電話をする前に、母親から連絡が入った。

「おはようございます。多田です。昨日の件ですが、私が学校へ伺いたいと思います。佐知夫はまだ学校には行けないと言うので、私一人で参ります。先生のご都合はいかがでしょうか？」

「わかりました。では、明後日の午後四時ということでよろしいですか」

こうして、佐知夫の母親と面談することになった。

面談は、家庭での佐知夫の様子を聴き取ることから始まった。母親の話から昼夜逆転といった極端に不規則な生活ではないことがわかった。また、部屋に閉じ籠もることもなく、食事も普通に摂り、家族との会話もあるという。家庭での平穏な過ごし方を知り、亀蔵はひとまず安堵した。そして、佐知夫に対する家族の接し方に謝意を表した。

亀蔵は、学校の予定を話したあと、これから迎える最初の定期試験について説明することにした。母親の気持ちを考えると、試験を受けなければどうなるのかということや、授業に出ていないので、仮に受けても落第点（通称赤点）を取るのではないかという不安が大きいに違いない。亀蔵にはこの最初の試験を登校のきっかけにしたいという思惑もあった。

「お母さん、ご承知のように本校の定期試験は年に四回行われます。そして、卒業できるかどうかは、出席日数は別にして、大まかに言うとこの四回の試験の成績で決まります。ですから、一度受けられなかったからといって、直ちに卒業に差し障りが出るということはありません」

亀蔵は、母親の不安を和らげるように話しはじめた。

「ただ、そうは言っても最初の定期試験を受けるかどうかは、佐知夫君にとってとても気懸かりなことでしょう。佐知夫君の中で試験を受けないでいいのか、受けるべきではないのか、そういう葛藤は少なからずあるはずです。試験は登校の動機付けになる場合もありますが、試験だから受けなさいというのは禁句です。もし、本人が迷っているようなら、今日私がお話しした本校のシステムを伝えて、まずは気持ちを楽にしてあげてください」

亀蔵は、母親が頷くのを見届けた上で、話を続けた。

「それから、これを佐知夫君に渡してほしいのです。中には授業に関係したプリントなどが入っています。佐知夫君が家でどのくらい教科書を開いて勉強しているのかはわかりませんが、授業の進み具合や内容をつかむ材料にはなると思います」

亀蔵は、数人のクラスメートから借りたノートのコピーと、これまでに授業や学級で配付したプリントを入れた大型の封筒を差し出した。見るか見ないかは本人次第だが、学校や授業の様子をこうした形で知らせることは、本人と学校をつなぐ大事なパイプである。

級友のノートのコピーは学習の助けになるばかりではなく、クラスへの帰属意識や連帯感を育む上で有効だ。同時に、ノートの提供を快諾してくれた生徒にとっては、佐知夫の役に立てるという意識も生まれる。級友の協力は、する方と受ける方の双方にメリットがある。覚えていなかったが、その中には悠子のノートも入っていたことを、彼女との話の中で知った。そうだったのか。悠子も協力してくれていたのだ、と思った。

また、配付物の中には亀蔵が三日にあげず発行する学級通信も入れた。これは、クラスの出来事や生徒の活躍を主に掲載したもので、クラスのそのときどきの様子を知ってもらうには都合がよかった。

「学級通信」と聞いて、悠子も思い出したことがあったようだった。

「先生の出された学級通信のタイトルは『気まぐれ通信』でした。発行が不定期なので、そう名付けたと聞いています。A4サイズの横書きで、『気まぐれ』とはいいながら、百号まで出されました。私は結構楽しみでした。小学校や中学校ではときどきありますが、高校でも学級通信を出す先生がいるんだなと、最初はちょっと驚いたのを覚えています。今でも全号取ってありますよ。これも生徒思い、クラス思いの先生だからできたことですね」

タイトルの由来や体裁、発行数まで正確に覚えていただけではなく、今でも保管してあると言われて、亀蔵はちょっと尻こそばゆくなったものの、素直に嬉しかった。

母親との面談は一時間ほどで終了した。最後に、けっして無理強いはしないが、できれば本人に会いたいということをさらりと伝えた。

母親との面談から数日後、佐知夫が母親に連れられて登校した。母親の働きかけか、それとも本人が勇気を出したのかはわからなかったが、亀蔵は嬉しかった。佐知夫の顔を見るのは一ヶ月以上ぶりだが、顔色も表情も思ったほど悪くはなかった。少し、太った感じがしたくらいである。

佐知夫は終始うつむき加減だった。家で身体を動かしているのかと質問すれば頷くが、具体的に何をしているのかと聞くと、答えなかった。学校の様子を話しても下を向いたまま黙って聞いているだけだった。関心があるのかないのかも、どういう反応をしたのかも全くつかめなかった。隣に腰掛けていた母親が、せっかく担任と会ったのだから、もっと話したいことを話せばいいのにというように、佐知夫の方にしきりに視線を送るが、佐知夫は無視しているように見えた。

しばらく沈黙が続き、今日はこれ以上話をしても、たぶん肝心の、学校に来られない理由は聞き出せないだろう、また、次の機会を待とうと考えていたときだった。

「学校が怖いんです」

佐知夫がぼそり、呟いた。

「怖い？　そうか……学校の何が怖いんだ？」

佐知夫はじっと考え込んでいるようだった。

焦らずに次の言葉を待った。

「クラスは変わったけど、またあいつと……」

佐知夫はそこで言い澱んだ。

亀蔵は、佐知夫の発する一語一語を正確に聴き取ろうとした。

二年生のとき、威圧的な態度で佐知夫に接し、ことあるごとに佐知夫を排斥しようとした生徒をひどく気にしていることがわかった。加えて当時のクラスの冷めた視線と、嘲笑するかのような雰囲気がトラウマとなって、いまだに佐知夫を苦しめていた。学校に行けなくなったのは、特定の生徒に対する恐怖と疎外感だった。

もともと気弱でおとなしく、交友関係もさほど広くない佐知夫は、クラスの中で器用に立ち回る術を持ち得ず、周囲の視線や干渉を撥《は》ねのけるだけの強さも図太さも持ち合わせてはいなかった。

不登校の原因はさまざまで、端から見れば大したことがないように見えても、本人にとっては深刻な問題なのである。それを、高校生にもなってそんなことで悩むのかなどと、無責任な受け止め方をしたのでは、何の解決にもならない。それどころか、先生は何もわかっていないと不信感を増幅させ、信頼を裏切ってしまう。

大人の世界でも気の合う人、合わない人がいる。ふとしたことで人間関係がぎくしゃくして、息苦しくなったり、居場所を失ったりする。ハラスメントは子どもでも大人でも関係なく起こる。

佐知夫が勇気を振り絞って話をしてくれたことに亀蔵は感謝した。そして、佐知夫もクラスの大切な一員であり、いつでも抵抗なくクラスに来られるようにしてあることを念押しした上で、担任として佐知夫の不安や孤独を全力で取り除く約束をした。

その瞬間、佐知夫は顔を上げ、はじめて亀蔵と目を合わせた。


佐知夫との面談のあと、名前とは裏腹に亀蔵は素早く動いた。昨年から佐知夫に威圧的に接していたという男子生徒を呼び、事情を聴いたのである。

するとこちらが肩透かしを食うほど、彼の言い分は単純だった。

いつだったか、教室で佐知夫に気軽に話しかけたが、ほとんど無視に近い素っ気ない対応をされたのだという。こいつは俺を嫌っているのか、と勝手に思い込んだ彼は、それ以後佐知夫とあえて話をすることもなく、グループ活動のときでも佐知夫とは距離を取るようになった。

それでは、威圧的に接したという点はどうなのかと問いただすと、彼は次のような話をした。

当時、男子には十人くらいの大きなグループが一つと、数人の小さなグループが三つくらいあった。彼はその最大グループの中心だった。一方、佐知夫はどのグループにも入っていなかった。それで、グループで行動することが多い彼が、佐知夫の傍で話したり騒いだりしたときに、佐知夫は無言の圧や疎外感を感じたのかもしれない。佐知夫が脅威を感じ、怖い思いをしたのであれば謝りたい。

彼は、すらすらと当時の状況を語った。もちろん、彼の一方的な話だから、百パーセント正しいかどうかはわからない。また、自己弁護に走るところがあるかもしれぬ。話をしてくれた彼には申し訳ないが、客観的には、それらを割り引いて受け止めなければならないだろう。話の中で、亀蔵は、今回のケースは一つ間違えると、いじめと取られかねないということも指摘した。そのとき彼は、意外な表情を見せたが、被害者がいじめだと認識した時点で、いじめになるということを教えた。

大事なことは、今後一切、佐知夫と関係を持たないこと。それに、誤解や不安を与えるような言動は厳に慎むことを確約させることだった。また、同じ学年にいるのだから、クラスは違ってもどこかで顔を合わせることがあるだろう。そのときには、特段意識することなく、ごく自然に振る舞うことも言い聞かせた。

最終的には、佐知夫の前できちんと謝罪し、二度と怖い思いをさせないと約束させることが最善なのだが、佐知夫の状態を考えるとすぐには難しかった。

聴き取りを終えた翌日、佐知夫と母親に来校してもらった。そして、金輪際、佐知夫と関わりを持たず、恐怖を与える言動は慎むと約束したことを伝えた。佐知夫は、黙って聞いているだけで、反論も質問もしなかった。母親も同様だった。

しかし、その後も佐知夫は登校しなかった。担任の思いは通じなかったか。本当は反論や要望したいことがあったのに、言い出せなかったか。話だけではやはり信用することができないということか。面談が終わり学校を去るとき、佐知夫は、ほかの生徒の目をひどく気にしていた。前回もそうだった。亀蔵が思っている以上に、佐知夫は恐怖や不安と今も闘っているのに違いなかった。

試験は日一日と迫っていた。亀蔵の頭には、せめて試験前の半日でもいいから登校してくれればという淡い期待があった。

「先生は私たちに佐知夫の様子をときどき話されました。でも、当時を振り返ると、ずいぶんあっさり話をされていたという印象があります。何か意図でもあったのですか」

悠子は、不登校になった生徒のことを、ほかの生徒にどのように話したらいいのか迷っていた。全く触れずにいるのも不自然だし、ある程度詳しく話そうとすれば、プライバシーを侵害する恐れもある。どのタイミングで、どこまで伝えたらよいのか判断がつかないでいた。

「不登校生徒のことを、同じクラスの生徒に何らかの形で伝えておくことは必要だ。クラスの一員であり、クラスとして何かできることもあるからね。ただし、悠子が言うように伝え方には注意しなければならない。私は、周りの生徒が無関心になったり、もう来ないのだろうと勝手に決めつけたりすることがないように気を付けた。その上で、話す頻度と内容を考えていた。あまりしょっちゅうだと、佐知夫のことが仕事の中心で、彼を特別扱いしているんじゃないかと誤解される恐れがある。また、細かいことまで話したり、根拠もなく見通しを語ったりすると、生徒に混乱や動揺を与えかねないからね。だから、朝のＨＲで週に一度か二度、手短に現状を伝え、私の希望を簡潔に話すようにした。例えば、こんなふうに。悠子は覚えているかな。『佐知夫の家庭とは毎日連絡を取っている。佐知夫はまだ登校できる状態ではないが、彼の席は彼がいつでも来られるようにしておこう。心配な人もいるだろうが、引き続き見守ってほしい。今後、君たちの力を借りなければならないときがあるかもしれない。そのときは、ためらわずお願いする。このまま落ち着きのある、温かいクラスの雰囲気を大切にしていきたい』」

「先生がそういうお話をされたことは、はっきりとは覚えていませんが、佐知夫の席の周りがいつもきれいだったことはよく覚えています。普通欠席がかさむと配付物がたまり、机上に放置されたままだったり、机の中にぎゅうぎゅうに詰め込まれたりしているものですが、そういうことはありませんでした。近くの生徒が整理したり、先生が定期的にまとめて保管したりしていたのを思い出しました。ささいなことかもしれませんが、こういう気遣いも佐知夫の欠席を風化させず、いつ来てもいいようにしておくことだったのですね。それから、先生のお話で改めて思ったのですが、四組はとても落ち着きのあるクラスでした。アットホームな雰囲気と言ってもいいかな。理由はよくわかりませんが、居心地がよかった。でも、先生は特にそのことを褒めることはありませんでした」

「そうだね。クラスの雰囲気はとてもよかった。今だから言えるけど、クラスが落ち着いていたことは、助かった。もし、クラスがバラバラだったり、人間関係その他でトラブルが絶えなかったりしたら、佐知夫への手当ても十分できなかっただろう。それと、悠子が今、佐知夫がいつ来てもいいようにしておくと言ったけど、とても大切な視点だよ。単に、場所があるというだけじゃなくて、みんなと目的を持って過ごせる居場所があると本人が思えることは、立ち直るための大きな力になる。良い雰囲気と居場所の点では、申し分なかった。だから、いつも心の中でみんなに感謝していたよ」

「えっ？　心の中、でですか？」

悠子はちょっと不満そうな顔をした。

「そうだよ。クラスが落ち着いていることを強調すると、生徒によっては佐知夫のために落ち着いているのかなんて、妙な考え方をしたり、そんなに特別なことなのかと思ったりするかもしれない。落ち着いているのは当たり前といえば当たり前だからね。それで、あえて触れずにいたんだ。まぁ、生徒一人ひとりが大人だったということもあったかもしれないがね。でも、これが中学生なら、むしろ積極的に褒めたほうがいいと思う」

亀蔵は、昨今の高校生気質に思いを馳《は》せながら、自分が受け持った三年四組の生徒のことを改めて考えていた。

　今どきの高校生は、外部のことよりもまず私事《わたくしごと》を優先する。言い方を換えれば、自分の世界を大事にし、外へ自分を開くことをあまり好まない。小さくまとまっているとも言える。だから、他人との距離感には敏感で、表面的には愛想よく振る舞い、優しさを装いながら、安易に親密になることや、自分の領域に不用意に立ち入られることを警戒する。それはそれで仕方のないことなのかもしれないが、場合によっては物足りなく感じることもある。

　そういう点から考えると、三年四組の生徒は、他者への気配りがよくできる上に、必要ならば誰にでも手を差し伸べようとする意識が強かった。自分の領域を大切にしながら、他者の領域へも自然にアプローチができた。授業だけではなく、昼休みなどに生徒の様子をそれとなく観察していると、ざっくばらんで、裏表を感じさせない付き合い方をしているなと思えた。地域性もあるのか。あるいは小学校、中学校からのつながりも影響しているのか。しかし、高校の場合には、学区が広範囲に及び、さまざまな個性が混在する。加えて、個性の濃淡もはっきりしている。こうしたことからすると、たまたま、気の置けない生徒が集まったということなのかもしれない。

クラスの雰囲気が良い理由は定かでなかったが、亀蔵にはある一つの確信があった。クラスの軸がぶれず、不安定にならなかったのは、学級委員長を務めた女子生徒がいたからだ。そして、もっと重要なことは、彼女が佐知夫の立ち直りにとても大きな力を発揮してくれたことだった。亀蔵の長い担任経験の中でも、彼女のような生徒に巡り合ったことはなかった。

それが、山岡李乃だった。


「悠子もよく知っている山岡のことをちょっと話そうと思うんだ。というのも、彼女は、佐知夫の復帰にとても大きな役目を果たしたからね」

「はい。李乃のことは忘れられません。彼女を抜きにして三年四組は語れないと言ってもいいくらいです。彼女は、ほんとうにリーダーとしても、また一人の友人としても抜群でした」

山岡李乃は入学してきたときから、地に足のついた高校生活をする生徒だった。学業と部活動の両立はもちろん、利発で、明朗。気配りと目配りにも優れていた。卒業後は、地元の警察官になるという目標があった。

部活は、ソフトボール部に所属し、主将とピッチャー、それに四番打者を務めた。創部以来、部員不足に苦しみ弱小だったチームを、三年次には県大会ベスト4に導いた。これは顧問の教師をはじめ部員も含めて十目《じゅうもく》の視る所、十手《じっしゅ》の指す所なのだが、当の本人はそんなことは全く意に介さず、常に自然体を貫いていた。学業面では教科に偏りなく力を発揮し、教師を質問攻めにすることもあった。

あるとき、一人の教師が廊下ですれ違った折、「山岡、君は大学に行かないの？もったいないなぁ。行けばいいのに」と気軽に話しかけたところ、次のように返答されたそうだ。

「先生はどうして大学へ、とおっしゃるのですか？　私は、高校を卒業したら警察官になって、地元の人たちが安全・安心に暮らせるように力を尽くしたいのです。勉強は大学だけではないと思います。警察官になってからでもできるでしょうし、その方がほんとうにしたい勉強です。進学する人はたくさんいますが、私は高卒で社会に出て働くことに決めています」

目的意識が弱く、将来の人生設計もあいまいなまま、流れに身を任せるように学校生活を送る高校生が多い中、久しぶりにすがすがしい気分になったと、その教師は述懐していた。

クラスの学級委員長を選ぶとき、「だれか自薦はないか？」と亀蔵が呼びかけると、一呼吸間を置いてから、「私がやります」とまっすぐに手を挙げたのが、彼女だった。「義を見てせざるは勇無きなり」の言葉がぴったりの生徒だった。的確な判断力と優れた行動力を持ち、周囲の状況を観て、リーダーシップを発揮する。担任としては、股肱《ここう》の臣《しん》と言いたくなるほど頼りになる存在だった。

亀蔵は悠子に、「さっき話をしたノートの件では、こんなことがあったんだよ」と、山岡のエピソードを語り出した。

「山岡、佐知夫に授業のノートをコピーしてやりたいんだが、協力してもらえないか」

亀蔵は、ある日の昼休み、山岡に相談した。

「いいですよ。わかりました。五教科のノートですね。ちょっと時間をください。あとで持ってきます」

山岡は快く引き受けてくれた。驚いたのは、頼んでから三十分も経たないうちに、必要な五教科分のノートを揃えて持ってきたことだった。

「速かったね。どうもありがとう。助かるよ。それじゃぁ、早速コピーさせてもらうよ」

「いえ、先生、そんなに急がなくても大丈夫です。ノートは二、三日借りておけますから」

「でも、授業でノートがないと困るだろう。少しでも早く返さないと」

山岡は、前もって、ノートを提供してくれた生徒に了解を取りつけていたらしい。

「心配ないです。みんなわかってますから。そのときは別の用紙に書いておけば済むことです。私もそうするつもりです」

名前を見ると、山岡のノートも含まれていた。

山岡のフットワークの良さもさることながら、持ってきたノートはどれも見やすく、丁寧に記されたものばかりだった。それに、返却のことにまで気を回している。

簡単そうに見えて、実は結構難しい仕事だったのではないか。一番大事なことは、授業に出られない佐知夫が見たときに、理解しやすいものであることだ。だから、誰のノートでもいいというわけにはいかない。せっかく快諾を得られても、字が乱雑だったり、整理されていなかったりすれば、断らざるを得ない。また、その教科が得意だからといって、ノートがわかりやすいものになっているとは限らない。さらに、オリジナリティーが強過ぎるノートでは、佐知夫も見るのに苦労するだろう。中には、貸すのはいいが、毎日の家庭学習に使いたい生徒もいるかもしれない。

貸し手の都合や借りる側の事情を十分に考慮した上で、ノートを見繕わなくてはならない。山岡は一つ一つの課題をクリアし、佐知夫にとって最適と思われるノートを選んで持ってきた。見事な働きぶりだった。

ノートの件だけではない。生徒間にちょっとしたいざこざがあると、彼女が仲介役となって上手に解決してくれた。クラス活動では、全員の意向や要望を吸い上げ、企画から運営までを取り仕切った。

「また、こんなこともあったんだ」と亀蔵は話を続けた。

「試験まで十日と迫ったある日、山岡が職員室にやって来た。提案とお願いがあると言ってね」

「提案って、何ですか？」

「うん。山岡と副学級委員長の杉本が、クラスを代表して佐知夫に手紙を出したいって言うのさ。もうクラスのみんなから了承は得られていて、一応先生にも話しておこうと思った、と言うんだ」

悠子はにこにこしながら聴いていた。李乃のきびきびとした立ち居ふるまいが思い浮かんだ。しかも、根回しよろしく、全員の賛同を得た上で進めるのは、いかにも彼女らしいやり方だった。

「『一応』という言葉に、私はちょっと引っかかったけど、すぐに打ち消した。そこには山岡なりの考えがあると思ったからね」

「どんな考えだったんでしょうね」

悠子は、興味津々といった様子で、亀蔵の「分析」に耳を傾けた。

「手紙を出すことぐらい、やろうと思えば担任の私が知らないところで何の造作もなくできるだろう。しかし、彼女はそうはしなかった。提案があると言ってやって来た。私に断っておくためにね。手紙を出す目的は、佐知夫にそれとなく登校を促すためだ。それを自分一人でしたところで、よほどインパクトのある文面でもない限り、佐知夫の心に響くことはないだろう。これは『私事』で収まる問題ではない。学級、いや場合によっては学校として取り組まなければならない『公事《おおやけごと》』だ。クラスを代表して出す以上、全員の了承を得るだけでなく、担任の了解も取りつけておかなければならない。担任は担任で、佐知夫に対してさまざまな働きかけをしているだろう。今後の進め方に影響するかもしれない。だから、ここは『一応』断っておくに越したことはない。何より私の背中にはクラス全員の支持があるんだ。先生も拒むことはないだろう、とね」

李乃ならここまで周到に考えたとしても何の不思議もないと、悠子は思った。

「それで、先生はもちろんＯＫを出されたんでしょ？」

「断る理由なんかあるわけないじゃないか。山岡の深謀遠慮と行動力に感心したよ」

実は、「ノート」の次に打つ手として、生徒による「メッセージ」を亀蔵は考えていた。それが図らずも、山岡によって鮮やかに先手を打たれた形になった。


佐知夫君、こんにちは。体調はいかがですか。学級委員長の山岡です。佐知夫君とは一年生の時にも同じクラスでしたね。覚えていますか。

新しいクラスになって、初めは誰でも不安です。でも、このクラスのみんなは明るく仲がよく、とても居心地がいいと思います。

佐知夫君を遠ざける人はいないし、みんな快く迎え入れると思う。きっと話せる人もできるだろうし、心配することはないですよ。また、何か困った時にはみんなで助けるから、そういう面での心配もいりません。

少しでも気が向いたら、いつでも、ちょっとでもいいからクラスに顔を出して、ゆっくり慣れていってくれたら嬉しいな。

クラスのみんなで待ってます。

学級委員長　山岡李乃

三年生になって約二ヶ月。慌しさも過ぎて徐々に学校生活も落ち着いてきました。クラスが変わって間もない頃は期待と不安が入り混じっていたけど、今は僕も少しずつこのクラスの生活に慣れてきました。

しかし、僕も含めてクラスメートが、まだ佐知夫と友達になれていないことを残念に思っています。

最初の定期試験が終われば、いくつかの学校行事が控えています。中でも合唱コンクールは、試験が終わると間もなく行われます。クラスが一丸となって行事に参加できることを願っています。

何か困ったことや相談事があれば力になりたいと思います。

無理しなくていいですが、教室に顔を出せそうなときは、少しでもいいので来てみてください。

クラス全員で卒業できるといいね。

副学級委員長　杉本雄介

山岡の魅力は、自分一人で勝手に突っ走るのではなく、周りの理解と協力を得ながら、手間暇かけて事に当たる姿勢である。無関心や虚無的な態度を嫌い、全員が何らかの形で関わることを大切にする。そして、最終的には達成感や充実感を共に味わいたいという思いがあった。

二人からの手紙を亀蔵は佐知夫の家に郵送した。直接手渡すことも考えたが、予告なく届く郵便の方を彼は選んだ。

しかし、手紙を出してからも佐知夫が登校することはなかった。それでも、毎朝の連絡だけはいつも通りに続けていた。

ついに試験初日を迎えた。ここまでできる限りの働きかけをしたが、結局佐知夫の登校には結びつかなかった。

手紙は読んでくれただろうか。開封さえせず捨てられてしまったか。試験なんてどうでもいいとやけになったか。母親からは手紙に関することはもちろん、何も特別な話はなかった。

こちらが考えているように事が運ぶほうがおかしい。善かれと思ってしたことでも、逆効果という場合もある。気を取り直さなければとは思いつつ、振り返れば振り返るほど、さすがの亀蔵も少し気落ちした。

試験三日目の朝だった。重い気分を引きずりながら亀蔵は教室の戸を開けた。すると、次の瞬間、真っ先に亀蔵の目に飛び込んできたのは、何事もなかったかのように席に着いている佐知夫の姿だった。

「私が登校したとき、あっ、佐知夫がいると思いました。でも、そんなに驚きませんでした。久しぶりで佐知夫の顔を見て嬉しかったのを覚えてます。みんなも佐知夫が来た、来た、なんて騒いでいる様子はなくて、いつも通りといった感じでした。ところが、試験が終わったら、佐知夫はまた休みましたよね」

話にじっと耳を傾けていた悠子が亀蔵に迫った。

「そうなんだ。来たと思ったのも束の間、試験が終わったらまた学校に来なくなった。まぁ、すぐに立ち直ると考える方が、甘いというものだがね」

「そうですね。なかなか、簡単にはいきませんよね。今までの佐知夫の苦しみを考えれば、手のひらを返すようにはいかないでしょう。でも、卒業することができたのですから、ほんとうに立ち直るきっかけがあったということですね」

悠子は、さらに詳しい話を聞き出したかったようだ。

「時間は大丈夫なの？　それに、結構、いろんな話をしたから、疲れていないかなと思って」

「いえ、時間も体力も大丈夫です。こういうチャンスはなかなかないので。先生さえよければ、もっと続きを聞かせてください。私は全然かまいませんから」

亀蔵は、合唱コンクールのことを話そうと思った。これは、佐知夫が完全に復帰するきっかけとなった行事だったから。

「三年生として最後の合唱コンクールのことは覚えてるだろう？」

亀蔵は悠子に確かめるように話しかけた。

「もちろんです。あの合唱コンクールは、私にとって高校生活三年間の中で最高の思い出です。単に最優秀賞を獲得したというだけじゃありません。佐知夫も参加し、ほんとうに全員で創り上げ、歌うことができました。一つの行事に、こんなにみんなが一つになれるんだと思いました。これがクラスの絆をよりいっそう強めたのは間違いありません。それにしても李乃のリーダーシップと活躍には目を見張るものがありましたね」

「そうなんだ。佐知夫も参加することができたのは山岡の力が大きい」

亀蔵は、当時を振り返った。

校内合唱コンクールは、数ある行事の中でも特にクラスの結束が試されるものだった。

スポーツ行事では、運動能力の差や得手不得手がはっきり現れる。しかも、短期間の練習でめきめき上達することは難しい。これに対して、合唱の場合は音楽的な才能や音楽センスは、あってもよいが、それほど決定的なことではない。曲にもよるが、傑出した歌声を響かせる必要もまずない。少々音痴でも練習によって、自分のパートぐらいは何とかなる。好きか嫌いかは別にして、合唱は短期集中で練習すれば、ある程度形になるものだ。

そうはいっても、高校生の合唱は難しい。それは、意欲に差が出るからだ。クラスによっても、男女間でも、個人の間でも取り組み方がまるで違う。その最も大きな原因は曲の選定方法にあった。

毎年のことだが、どんな曲を歌うのかに関しては、合唱に詳しい一部の生徒が、音楽担当の教師に相談して決めることが多い。その方が手っ取り早く、楽だからである。しかし、このような決め方をすると、どうしても与えられた曲を歌うという意識が強まり、合唱に身が入らなくなるデメリットがあった。特に男子生徒の中には、合唱なんて小中学校までのことだ、という冷めた見方をする者もいた。

一大行事とはいえ、こうした課題や不協和音を抱えた合唱コンクールに、山岡は真正面から一切の妥協を排して挑んだ。

彼女がまず初めに行ったことは、アンケートの実施と無関心層を中心とするクラスメートへの聴き取りだった。合唱に対する冷めた気持ちや批判的な意見を耳にしても、自分の考えを開陳したり、相手の考えを覆そうとしたりすることは全くなかった。文字通り話を聴くことに徹した。

率直に思いを語ってもらうことで、凝り固まっていたものが溶け出すきっかけになるかもしれない。また、さまざまな意見を聴くことによって、今後の進め方の参考にもなる。何よりも、このクラスで、これまでとは一味も二味も違う、三年生最後の思い出に残る合唱にしたい。そのためには最初から最後まで全員が関わり、一つの作品を創っていくという意識が大切だと彼女は考えていた。佐知夫に参加してもらうのはもちろんである。一人でも欠けたら合唱にはならない。山岡には強い信念があった。

「李乃は合唱に並々ならぬ情熱を持っていました。三年生最後ということもあったし、このクラスなら絶対にやれるという確信もあったようです。でも、李乃は露骨にそうした思いを見せることはありませんでした。彼女が何かをするときも、けっして強引さはなく、私たちの気持ちを推察し、手順を踏んで、丁寧に進めました。だから、みんな抵抗なくついて行けたのだと思います。女子の間で、『今年の合唱は今までと取り組み方がまるで違うね』と言っていた覚えがあります。女子に限らず、男子でもそのように感じた人は少なくなかったのではないでしょうか」

悠子の詳細な述懐が、亀蔵の記憶をいっそう鮮明にした。

アンケートと聴き取りの結果、案の定、曲目選定のプロセスに対する不満が浮き彫りになった。ほかにも男女の温度差や練習の仕方、合唱コンクールへの疑義などいくつかの課題が見えた。その中で、彼女が最も注目したのは、やはり曲選びについてだった。これを丁寧に、民主的に進めれば、これまで合唱に後ろ向きだった生徒も、関心を示してくれるのではないか。ここから学級委員長山岡李乃の本領が発揮される。

アンケートとクラスの聴き取りを終えた山岡は、合唱に特化した話し合いを持つことにした。生徒に配った資料には、なぜ話し合いをするのかの説明と、アンケートの記述、それに聴き取った意見をそのまま掲載した。生徒は級友の考えを興味深く読み、自分の意見も載っているのを見て、話し合いに対する期待と関心が高まっていくようだった。

「合唱コンクールについては賛否両論があることはわかっています。しかし、ここはそのことについて一から議論する場ではありません。目の前に迫ってきた今年の合唱コンクールにどのように取り組むかについて話し合いたいと思います。なぜなら、私たち三年生には最後となるコンクールです。今までに味わったことのない、本当に思い出に残る、素晴らしい合唱にしたいと思うからです。あまり関心がないという人も、自分の思いを述べ、級友の考えを聞くことで、何かを感じたり気付いたりすることがあるでしょう。お互いに遠慮することなく意見を出し合うことによって、合唱に対する考えが共有できればと思います。その上で、自分たちはこういう合唱をしたいという合意が形成できれば、素晴らしい合唱コンクールになると信じています。手元の資料も見ながら、どんどん意見を述べてください。それでは始めます」

山岡の司会で話し合いが始まった。

すると、普段はおとなしい女子生徒が真っ先に手を挙げた。

「私は今まで、合唱は学校行事としてあるからするものだと思っていました。取り組み方について話し合ったことなどありませんでした。合唱があまり好きではないという人がいるのはわかります。私自身も特別好きというわけではありませんが、運動が苦手な私には、スポーツ行事よりはクラスの一員として参加しているという気になれる合唱の方が向いている気がします。こういう消極的な姿勢はよくないのかもしれませんが、私の本音です」

続いて、別の女子が発言した。

「合唱は一、二年生でも経験してきましたが、どちらかというと女子の方が積極的で、男子はどこか他人事《ひとごと》のようなところがあると思います。私の偏見かもしれませんが。それで、どのクラスも女子が引っ張っているという印象が強いです。でも、山岡さんが言うように、三年生として最後のコンクールです。悔いのないものにしたいというのは私も同じです。ですから、男子がどこまで本気になれるかがポイントだと思います」

これを聞いて今度は男子が発言した。

「男子、男子というけれど、男子がみんな消極的というわけではないだろう。多くは、好きでもないし、嫌いでもないといった感じで、中間的なのだと思う。今回、こうしてみんなの意見を聞いて、どんな合唱にしたいのか話し合うことはいいことだ。正直なところ、俺自身は合唱にあまり興味はない。けれども、音楽は好きだし、自宅では気に入った曲をいつも聞いている。大好きなラップ調の曲が合唱になるとは思わないが、俺たちの思いを、曲に乗せて表現できるようなものであれば、興味を持って歌いたくなるのではないかと思う」

また、別の男子は、曲選びのポイントについて話した。

「曲によって、歌いやすい曲とそうでない曲がある。特に、テノールやバスのパートを受け持つ男子は、メロディーを覚えるのに精一杯で、なかなか表現するというところまでいかない。親しみやすく、覚えやすい曲を選ぶことが必要ではないか。みんながその気になれば、これまでとは違う合唱になる気がする」

さらに、別の男子が続いた。

「曲選びは、俺も大事だと思う。これまでは、クラスの意見をほとんど聞くこともなく、というか、聞いても無駄だと思っていたのか、音楽教師が勧めるものを、何となくそのまま受け入れて、歌わされていた感じがする。合唱に適した曲はたくさんあるだろうが、曲に何を求め、どんな気持ちで表現するのかをよく議論したほうがいい。

練習方法も含めて、みんなが納得できるものであれば、男女関係なく、真剣に取り組むのではないか」

山岡が予想していた以上に、活発に意見が交わされた。山岡は、みんなの合唱への意気込みが例年とは違うという手応えを感じていた。こういう話し合いを持ったことは良かったと素直に思った。

話し合いのあと、山岡は合唱曲に求めるものを、教室後方の黒板に自由に書き出してもらった。中には「根性」や「男気」「闘魂」など、スポーツ競技なら採用できそうな、場違いの言葉もあったが、書き出された単語を整理すると、「希望」「勇気」「絆」の三語に集約することができた。そこで、山岡は、この三つをキーワードに曲探しにかかった。全員に呼びかけながら、合唱部員や音楽好きな生徒の協力も得て、候補となる曲を五曲選んだ。それを、始業前や昼休みにCDやスマホでBGM風に流すとともに、自由に演奏することができるように、キーボードも教室に常備した。また、後方の黒板には、曲名と歌詞を貼り出し、良いと思った曲名の下に署名してもらうことにした。

この間、自然と口ずさむ生徒もいれば、曲を演奏する生徒もいて、教室はさながら音楽スタジオに変わったように見えた。曲選びにここまで時間と手間をかけたことは、これまでにないことだった。山岡の巧みな演出によって、合唱に向けた環境が整えられ、機運はいやが上にも高まっていった。

こうした曲目選定のプロセスを経て、最多数の支持を獲得したのが、「ジュピター」という曲だった。

「佐知夫も本番で歌いました。もっとも、その前の練習から参加していましたが。試験が終わって来なくなった佐知夫でしたが、合唱の練習が始まった頃にはまた来るようになりました。そのあとは休まなくなりましたよね」

悠子の話を受けて、亀蔵が答えた。

「その通りだ。やっぱり合唱が大きな転機になったと思う。実は、ここでも山岡が一役買ってくれたんだよ」

「李乃がまた、何か思い切ったことをしたのですか？」

「試験のあと、佐知夫が再び休み始めたとき、山岡が、私のところにやって来たんだ。

そして、今度の合唱コンクールには佐知夫にも絶対に参加してもらわなければならない。それでまた、お願いがある、って言うんだ」

「どんなお願いだったのですか？」

亀蔵は山岡とのやり取りと、彼女の行動を説明した。


「佐知夫はもともと音楽が好きなのです。卒業ができたら、音楽関係の専門学校に行って、ボーカリストの勉強をしたいと言っています。家では好きなミュージシャンの歌を真似《まね》して歌ったりすることもあるそうです。専門学校ではバンドを組んで歌ってみたいという夢もあるようです」

「へぇ、そうなのか。佐知夫はしっかり卒業後の進路を決めているんだ。でも、そんなに詳しいことを、君はどうして知ってるの？」

亀蔵が山岡に問いただすと、彼女はにっこり微笑んで話した。

「佐知夫にはあまり友人はいませんが、一年生のときから仲良くしている男子が一人います。私はその子に佐知夫は普段家で何をしているのかを聞いてみました。そうしたら、最近ようやくメールのやり取りができるようになったと言って、佐知夫の様子を話してくれたのです。それと、試験の三日目と四日目、佐知夫が学校に出てきたときにちょっと話しかけてみました。彼は、ごく普通に喋ってくれました。もちろん、学校に来られなかったことなどには一切触れず、あなたは今何に一番興味があるの？というような話をしました。そしたら、俺は専門学校に行って、ボーカリストになりたいと話してくれたのです」

「ふぅん。そうだったのか。それで、私に頼みというのは何？」

「はい。これから合唱に向けてクラスが一つにならなければなりません。誰一人欠けることなく全員で歌います。佐知夫に参加してもらうのはもちろんです。そこで、『ジュピター』のCDと楽譜、それに歌詞を用意してきました。特に男子パートのところにはピンク色のマーカーをつけています。このメッセージと一緒に、佐知夫のところに送ってほしいのです」

「メッセージ？」

「はい。簡単なメッセージです。先生もご覧になりたかったらどうぞ」

山岡は、メッセージが書かれた一枚の便箋を取り出した。

佐知夫君、こんにちは。山岡です。合唱コンクールが近づいています。あなたの歌声が男子パートには欠かせません。音楽好きなあなたなら、すぐに覚えられる曲です。みんなで選びました。練習もあるので、早めに参加してもらえると助かります。

「ここまで佐知夫のためにいろいろと準備してくれて、ありがとう。山岡にはノートのときも、そしてこの合唱コンクールでもほんとうに助けてもらっている。感謝しかないよ。君のような生徒を受け持つことができて、私は幸せだ」

亀蔵は、心から山岡にねぎらいの言葉をかけた。

「何も特別なことはないです。学級委員長としてクラスのため、みんなのためにできることをしているだけです」

褒められた嬉しさを隠すように、冷静に話す山岡が、亀蔵には何とも微笑《ほほえ》ましかった。

亀蔵は、早速郵送した。

「そうでしたか。そういうことがあったのですね。それで、佐知夫も合唱練習に来るようになって、本番でも見事に歌ったというわけですか」

「そうなんだ。合唱コンクールがきっかけになったのは間違いない。山岡の作戦が功を奏したんだろう。もちろん、それだけじゃなくて、佐知夫が練習に顔を出すようになったとき、クラスの連中は、ごく自然に彼を受け入れた。佐知夫も、普通に練習に溶け込んでいた。見方を変えると、自分の居場所があることを、佐知夫は受け止められたのだと思う。おそらく、こうしたことが佐知夫にとっては、登校のよいリハビリになったのかもしれないね」

亀蔵の感慨深げな表情が、悠子には印象的だった。

悠子が言った。

「李乃がクラスの中心にいたことは間違いないです。佐知夫にクラスを代表して手紙を出したいと言ったときもみんなすぐに賛成しました。彼女は自分の働きをけっして誇らないし、何をするにももったいぶったところがない。自然にできるという感じでした。とても頼りになるし、みんな信頼していました。彼女の溌溂《はつらつ》とした表情と、誰にでも気さくに接する姿は今でも目に浮かびます」

山岡に対する悠子の見方に、亀蔵も同感だった。

アンケートの実施から始めて、個別に聴き取りをし、全体で話し合う。キーワードを決めて、それにふさわしい候補曲を募る。出そろったところで曲を流し、演奏し、歌う環境を整える。その間、教室は音楽空間に変わる。候補曲への理解と親しみが深まったところで、投票によって曲を選ぶ。そして、佐知夫への見事な働きかけ。

亀蔵は、ここまで生徒が主体的に活動する姿を見たことはなかった。今回の合唱に際して、亀蔵は全く蚊帳の外だった。が、それで良かったと亀蔵は思った。リーダーの的確なリーダーシップによって、全員が関わり、素晴らしいものを創り上げることができたのだから。

過去の反省から学び、一心不乱に新たな挑戦をする生徒たちの姿勢はとても輝いて見えた。それにしても、山岡のプロデュースは心憎いばかりだった。亀蔵は、改めて生徒の持つパワーと可能性に深く心を動かされた。

手間暇をかけて、みんなで選んだ曲への思い入れは強い。当然練習にも力が入る。男女の温度差も、受け身の姿勢も、はるか遠い過去の話になっていた。

「最優秀賞は……三年四組です！」

審査委員長の教師が、審査結果をアナウンスした。その瞬間、会場は歓声と拍手に包まれた。ところが、肝心の三年四組の生徒の喜びは、思いのほか控え目だった。本番で見事に大輪の花を咲かせたのに、嬉しくないのか。いや、そんなことはないだろう。ではなぜ、派手な喜び方をしないのか。亀蔵はしばらく思案に暮れていた。

このことを、今改めて悠子に話してみると、こんな分析を彼女はしてみせた。

「そうでしたね。みんな冷静というか、落ち着いていました。みんな跳び上がって喜ぶのかなと私もちょっと思いましたが、そうじゃなかった。でも、私はすぐに気付いたんです。私たちは練習のときから、最優秀賞を取りにいこうなんて、李乃をはじめ誰も口にすることはありませんでした。私たちは、はじめから賞ねらいの合唱をするのではなく、自分たちの気持ちを曲に託して表現することだけを考えていました。本番で歌い切ったとき、全員がとても満足した表情をしていました。最高の賞はもちろん嬉しかったのですが、それ以上に、自分たちが考えていた合唱ができたという達成感と満足感に浸っていたのだと思います」

「なるほど。そういうことだったのか」

亀蔵は悠子の分析は当を得たものだと思った。そう言えばコンクールが終わったあと、音楽教師がわざわざ亀蔵のところにやって来て、話してくれた言葉を思い出した。

「先生のクラスの合唱は、これまでの合唱とは一味違っていましたね。混声四部のハーモニーの美しさなど技術的なこともさることながら、生徒一人ひとりが生き生きとして、自分たちの歌唱をしようとする姿勢がとてもよく出ていました。歌は表現であり、聴き手に伝えるものだということが、見事に体現されていました。素晴らしいです」

山岡には感謝もあるが、それ以上に大切なことを学んだと亀蔵は思った。教師としての経験年数に不足はなく、これまでも生徒に教えられたり、気付かされたりしたことはたくさんある。その中でも、山岡という生徒は出色であった。優等生や模範生という言葉は当てはまらない。スーパー高校生というのでもない。彼女はごく普通の高校三年生だった。ただ、間違いなく言えることは、普通の高校生の何倍も級友を大事にし、一つ一つのことを丁寧に、確実に進めて、みんなで喜びを分かち合おうとする意識が強いことだった。

四

「先生のお話を聴かせてもらって、私、気付いたことがあります。担任の力や保護者の協力が必要なことは言うまでもありませんが、それと同時に、クラスにしっかりとしたリーダーがいて、クラスを落ち着きのある、居心地のいい場所にしておくことがいかに大切かということです。佐知夫が学校に戻ってくることができたのも、李乃という抜群のリーダーがいて、クラスがとても和やかで、まとまっていたからではないでしょうか。それに比べたら、今の私のクラスにはリーダーがいませんし、クラスをどうまとめていったらいいのか、全く自信がありません……」

亀蔵は、悠子がほかの面でも行き詰まっているなと思った。

「学級づくりのことだね。最近は、小学校でも学級崩壊が珍しくない。学級づくりに失敗すると大変だからね。明日学校に行けばすぐにこの問題に直面する」

亀蔵は、学級づくりについて説明することにした。

「自分のクラスをこんなクラスにしたいという方針があると思う。端的に言うと、校訓や学年目標があるように、学級目標を考えるとわかりやすい。そのとき教師が、学級の目当てはこれにしますと言うのではなく、子どもたちで話し合って決める方がいい。山岡の手法だね。それから、子どもたちにはわかりやすく、実行しやすい目当てにする。抽象的な言葉では、目当てのための目当てになるからね。『明るいクラス』というよりも、『元気よく挨拶ができるクラス』とか。『笑顔の絶えないクラス』もいいが、『ありがとうと言えるクラス』とかね。それから、決まった目当てを教室正面の黒板の上あたりに掲げるだろう。例えば、『仲間を大切に』『相手の立場に立って考える』というふうに。それはかまわないが、この文言を担任が何回唱えても、子どもがその通りになるわけではない。たとえ、自分たちで決めた目当てでもね。もし、掲示して、何度か声に出すだけで済むのならこんな楽なことはないよ。でも実際には、さまざまな問題やもめごとが日常的に発生する。四十名いれば、四十の個性が日々ぶつかり合っているからね。だから、私は日々の実践の中で目当てを具現化していくことが大事だと思ってる。『教育は理論よりも実践』ということだね。例えば、『相手の立場に立って考える』という目当ての場合、話し合い活動で、A君とBさんの意見が対立したとき、相手がなぜそう言うのかをもう一度よく考え、相手の意見で受け入れられる点はないだろうかと、投げかけてみる。また、グループやクラスで何かをするとき、『仲間を大切に』という学級の目当てを意識させる。例えば、『仲間外れ』をすることは、明らかに目当てに反することだから、気が合うとか親しいとかいった個人的な感情でグループを決めたり、活動したりしないとかね。そういう実践を積み重ねることによって、クラスはできあがっていく」

「わかりました。クラスの目当てを、修正も含めて子どもたちと一緒にもう一度考えてみます。押しつけるのではなくて。しかも、わかりやすい言葉で、普段の行動と結びつけることが大事なんですね。みんなで決めた目当ての下で、クラスが一つにまとまっていけるようにがんばってみます」

「それから、子どもをよく観て、一人ひとりの個性と特徴をしっかり押さえておくことだね。中学生とはいっても子どもだから、その子その子に応じた声のかけ方や手のかけ方がある。何度も繰り返し説明しないといけないときもあるだろう。こんなこともわからないのとか、こんなこともできないのではなく、一緒に覚えていこうねとか、一緒にやってみようねといったスタンスで接する方が、子どもは伸びるよ。忙しいのはわかるけど、全ての教育活動は子どものためだからね。山岡のようにできるだけ手間暇かけてがいいよ」

「先生の具体的なお話はとても参考になります。何だか、先生は私のクラスのことを熟知しているような気がします。学校にいると、毎日毎日することがたくさんあって、こうした子どもへの基本的な向き合い方を学ぶ機会もありませんでした。教師にゆとりがなく、場当たり的にやっていると、子どもにもそれが伝染して、落ち着きのないクラスになってしまう。気を付けなければと思いました。それから、学級づくりに欠かせないリーダーを育てるにはどうしたらいいですか」

「そうだね。リーダーはクラスのみんなから信頼される生徒じゃないとね。担任は子どもの適性を見極める必要がある。それと、中学一年生ならリーダーの条件は何かということを具体的に説明しておくことだ。その上で民主的に選ぶといい。でも、すでに学級委員長が決まっているのなら、さまざまな活動を通してリーダーシップを磨いていく手助けをする。行事では、リーダーと事前の打ち合わせをしっかりして、任せるところは任せ、フォローしなければならないところはフォローする。たとえ、うまくできなくとも、次につなげられるように前向きに捉えて励ます。そうして、少しずつリーダーが自信をつけ、みんなの信用を勝ち取り、クラスの軸として活躍できるように育てるといい。クラスの主人公は、担任じゃなくて、生徒だからね。そのまとめ役がリーダーさ」

亀蔵の話を聴きながら、悠子は、どうしても三年四組や李乃の言動と重ね合わせていた。高校と中学校ではむろんレベルの違いがある。生徒の気質や能力にも大きな開きがある。けれども、自分が高校三年生のとき、その場に身を置いて経験したことはとても貴重だと思った。それに加えて、今、亀蔵から当時の出来事の深層に触れることを聴くことができた。李乃がしていたことや亀蔵のアドバイスで取り入れられるものは取り入れてみよう。保護者や佐知夫への接し方も真似できそうだ。クラスづくりもリーダーの育成も子どもたちと二人三脚でやってみる。「理論より実践」「トライ&エラー」だ。

悠子の胸に俄然やる気が湧《わ》いてきたようだった。

悠子の前向きな様子を察知して、亀蔵は話を続けた。

「悠子にはいろいろとアドバイスしてきた。どれも私の経験から話したことだから、あとは悠子が自分の中で、反芻《すう》して取捨選択するといい。わかっているとは思うが、鵜《う》呑《の》みにすることはない。自分の頭でよく考えて、反面教師にすべきところは、そうすればいい。自分の意見を持って、他者の意見を批判的に考えることも大切だからね。ところで、佐知夫の話に戻るけど、佐知夫のケースは結果として成功したと言えるかもしれない。でも、不登校の態様はけっして一様ではないんだ。簡単に解決する問題ではないこともよくわかっている。佐知夫の場合とは反対に、生徒が学校を辞めていった苦い経験も私にはある。どうだろう、恥ずかしいことだが、その話も聴いてもらえるかな？」

亀蔵の表情がこれまでとはまた少し変わった。視線を遠くにやって、何か考え事でもしているように見えた。

「さっき、教師は世間知らずで、人生経験も乏しいくせに出来上がった人物であるかのように振る舞うという話をした。野郎自大な教師も困るし、その存在自体が生徒へのハラスメントになっていることに無頓着《むとんちゃく》なのも厄介だとね。生徒を萎縮させ、生徒から軽蔑される教師を私は糾弾した。ところが、今、悠子の目の前にその見本のような教師がいる……」

亀蔵の言葉に、悠子はちょっと動揺した。が、すぐに冷静さを取り戻した。

「先生は、教師の醜いところを暴露するのは、自分で自分の首を絞めるようなものだ、とおっしゃっていました。そうかもしれません。ですが、その一方で清濁併せ呑む覚悟が必要だとも話されました。だから、先生に痛恨事があっても私は驚きません。非の打ち所がない人なんていませんし、誰でも失敗します。むしろ、過去の過ちを深く反省し、そこから学び、自分を進化させることが大事ではないでしょうか」

高校を卒業して七年しか経っていないというのに、悠子の成長を感じて、亀蔵は嬉しかった。

「大人になったね。お世辞じゃない。悠子の言う通りだ。失敗のない人生なんてない。ある人が、『失敗のない人生、それこそが失敗です』と言っていたのを思い出したよ」

悠子が今、不登校生徒を抱え、教育現場の厳しさと難しさに直面して苦悩していることが、逆に、彼女を成長させているのかもしれないなと亀蔵は思った。

「誰でも仕事の顔と仕事を離れたときの素の顔があります。教師の場合、その落差が殊の外大きいのかもしれません。先生が『教師面《づら》』をしても何の不思議もありません。私は三年四組で先生の『教師面』をたくさん目撃しました。いいところもそうでないところもです。でも、強く印象に残っているのは、あるときは生徒を懇懇と説諭し、またあるときは生徒を励まし、讃え、愛情を持って接していた姿です。李乃に対しても佐知夫に対しても、それぞれ事情は異なりますが、根底にあるのは愛情で、その深さに違いはなかったと思います。先生が深手を負った『教師面』の話を聴かせてください」

「そうか。『教師面』については確かにその通りだ。ここで悠子に教えられるとは思わなかったよ。私も覚悟を決めた。私のイメージが大きく崩れ、今とのギャップに驚くかもしれない。大したイメージじゃないがね。でも、悠子には免疫ができている。これから話すのは、私の未熟さが招いた苦い思い出の中でも、一、二を争うものだ。何しろ一人の生徒が学校を去ったのだから。不登校というより、問題行動への対応を誤って、そうさせてしまった。反面教師として聴いてほしい」

今から二十年ほど前に味わった辛く苦い経験を亀蔵は話し始めた。


亀蔵がまだ四十代の前半で、高校一年生の那々を担任したときのことだった。

彼女は、入学式当日からあからさまに校則違反をしてきた。髪の毛を茶色に染め、太股を露わにしたスカートのはき方をし、派手な化粧をしていた。

男女共学校だが、六対四で女子が多いということのほかには、これといって特徴的なところのない、中堅の高校だった。そういう中で、那々がはじめから浮いていたのは明らかだった。亀蔵には、内心貧乏くじを引いたなという思いがあった。

まだ若かった亀蔵は、入学式が終わって、教室を出ようとした那々を呼び止めた。

「那々、少し話がある」

那々はちょっと不満の表情を浮かべた。

「私、これから用事があるんです。時間がありません」

「いや、そんなにかからない。いいから、ここにいなさい」

那々は渋々席に着くと、足を組み、手鏡を取り出して髪をいじりはじめた。

「那々、人が話をしようとするときに、そんなことはやめなさい。それと、足を組むのも失礼じゃないか」

手鏡を机上に伏せ、組んでいた足をほどいた。余計なことはいいから早く話してくれ、という苛立《いらだ》ちが態度に現れていた。

「君の、その外見は何だ。今日は入学式だったんだぞ。そんな恰好《かっこう》をして恥ずかしくないのか。とにかく、それを直さないことには、何も始まらない。このあと帰宅したら、髪を黒色に戻しなさい。スカートの長さは膝頭まで下ろす。化粧はしないで明日から登校しなさい。いいね」

「これ以上髪を脱色して染めると髪が傷《いた》んじゃうんです。お金もかかるし……」

亀蔵は、ムッとした。

「おい、何を言ってるんだ？　自分で勝手に茶色の髪にしておきながら、戻すと髪が傷むとか、金がかかるとか。そんな屁理屈を言うんじゃないよ」

那々は亀蔵を睨《にら》みつけ、ぷいと横を向いた。

「わかったな。お前のせいでみんなが迷惑してる。学校の体面も丸つぶれだ。ほんとうに困った奴だ」

那々の表情が、にわかに険しくなった。その刹那、亀蔵は、「しまった。言わなくていいことまで言ってしまったか」と後悔した。

「迷惑？　体面って？」と言うや否や、那々は鞄も持たず、荒々しく席を立ち教室を飛び出した。

翌日も那々の身なりに変化はなかった。二日経っても、三日経っても改まらなかった。

　放課後、職員室に戻った亀蔵のところに、生活指導担当の教師がやって来た。

「先生のクラスの那々、困ったねぇ。全然直ってないよねぇ。今日で五日になるよ。どうなってるの？　本人には話をしたんだろ？　保護者と面談でもした方がいいんじゃないの？　まぁ、この土日を使ってしっかり直すように伝えてよ。いいね。頼むよ」

　年配の教師は一方的に喋って、そそくさと立ち去った。

　入学式の日から一週間が過ぎても、那々の髪や服装はそのままだった。

　亀蔵は那々を職員室に呼んだ。

「おい、那々、俺が、先週、あれだけ話をしたのに、全然直ってないじゃないか。何を考えてるんだ」

　同僚がいる中で、亀蔵は那々を叱責した。

「私、誰にも迷惑なんかかけてません。学校の体面って何ですか？」

「えっ？　何だって？　お前、大丈夫か？　校則違反を堂々として、誰にも迷惑をかけてないだって？　俺にこんなに迷惑かけてるじゃないか！　学校だって同じだ！」

亀蔵は声を荒らげた。

「もう一週間になるのに、直す気配はこれっぽっちもない。いったいどういうつもりなんだ！　いいか、いつまで経ってもこのざまじゃ、学校にいられなくなるぞ。俺の立場をちょっとでも考えてみたことがあるのか！」

「先生の立場って何ですか？　学校、やめろ、やめろ、ってことですか？」

「その言い方は何だ！　やめろ、とは言ってない。お前がこの状態じゃ、俺の立つ瀬がなくなるんだ！」

売り言葉に買い言葉だった。亀蔵が己のメンツを守るのに汲汲《きゅうきゅう》とし、恫喝していることは明らかだった。「正義」を振りかざし、自分の優位性を盾にして、那々に詰め寄る亀蔵に、もはや自らを省みる余裕などあるはずもなかった。

那々には教師に対する不信感しか残らなかった。

亀蔵の話が終わると、那々は、さっと身体の向きを変え、無言で職員室を出て行った。亀蔵には虚《むな》しさと徒労感だけが残った。

傍にいた同僚は、誰も亀蔵に話しかけてはこなかった。気遣ったのか。それとも話しかけられそうには見えなかったのか。職員室に呼び出された那々も孤立無援だったが、亀蔵も同じ心境だった。

学校という職場は概して風通しが悪い。仕事の忙しさもあるが、お互いに内政不干渉の力学が働く。悠子の場合もそうだった。そのため、自分一人だけでは問題を抱え切れなくなって、肉体的にも精神的にも追い詰められる。昨今、病休を取ったり、退職したりする教師が増えているのは、業務の多忙さだけではなく、孤独や孤立とも無関係ではないだろう。

五月の連休が明けると、那々はぱったりと学校に来なくなった。体調不良のためという簡単なメモが、亀蔵の机上に置いてあった。欠席して四日目、亀蔵は、詳しい様子を尋ねようと那々の自宅に電話をかけた。しかし、「ただいま留守にしています」という自動音声が流れてくるだけで、録音もできなかった。その後も、何度か連絡を試みたが、同じだった。

欠席が二週間ほど続いた頃だった。いつもなら欠席理由を亀蔵に伝えてほしいとだけ言って切れる電話が、その日は亀蔵への取り次ぎを依頼してきた。出てみると電話は母親からで、近いうちに来校して話したいことがあるという。亀蔵は、良い機会だと思い、三者面談を提案した。が、電話から二日後、やって来たのは母親一人だった。

母親はベージュ色のブラウスの上に、萌黄《もえぎ》色のカーディガンを羽織り、白色のパンツをはいていた。髪はやや茶色がかったショートカットで、見るからに清楚《せいそ》な出で立ちだった。

母親は物静かに話し始めたが、亀蔵から視線をそらすことはなかった。

「入学早々ご迷惑をおかけし、申し訳ありませんでした。ここのところ、部屋に閉じ籠もっていることが多くて、私が朝、声をかけても、眠い、だるい、頭がいたい、と言ってなかなか起きてくれませんでした。正直にお話ししますと、娘は、はじめからこの学校への進学には前向きでありませんでした。いえ、はっきり言えば、入りたくなかったのだと思います。でも、行きたい学校があったわけではありません。また、何かやりたいことがあるというわけでもなかったのです。家族の意見や中学校の勧め、それに周囲に同調して入学したというのがほんとうのところです。もちろん、だからといって、入学した以上、自分の好き勝手にしていいということにはなりません。私も強く注意したのですが、聞く耳を持ってはくれませんでした。言い訳になってしまいますが、入学式からあのような恰好をしたのは、娘なりの反発心と、やり場のない不満をぶつけていたのかもしれません。それにしても、先生……」

亀蔵を射るかのように、母親の視線が鋭くなった。

「先生は、一度でも娘と冷静に話をされたことがあったのでしょうか。娘は、友人もおらず、学校でも一人でいることがほとんどだったと思います。普段、学校のことをあまり話さない子でしたが、一度だけ、『担任なんて、私の話を聞こうともしない。いつも、私を睨みつけてる感じで怖かった』と、不満を漏らしたことがあります。これは私の勝手な言い分ですが、半ば不本意で入学したにせよ、もう少し娘の気持ちを推し量り、かちかちに凍りついた心を溶かすような接し方はできなかったのでしょうか。髪を直してきなさいとか、スカートの丈を直しなさい、とおっしゃるだけではなくて、これからの高校生活の楽しさや、高校以外の道もあるが、まずはここでがんばってみないかとか。教育者なら感情的にならず、子どもの心に届く、もっと別な言葉のかけ方はなかったのでしょうか。自慢するわけではありませんが、あの子は見た目とは裏腹で、根は優しく、同じ目線に立って、穏やかに話しかければ、きちんと話のできる子です。娘はもう学校には行かないと言っています。これからのことはまだ話し合っていませんが、親としてこれ以上無理に引き留めるつもりはありません」

亀蔵は、うなだれた。返す言葉がなかった。全身からすうっと血の気が引いていくような感覚に襲われた。


「辛いですね。私が先生の立場だったら、きっと立ち直れなかったかもしれません」

聴いていた悠子が、亀蔵の方を向いて言った。

「私は全く那々を見ていなかった。見ていたのは彼女の髪の色とスカートの丈と化粧だけだった。おまけに周囲に迷惑をかけているとか、学校の体面がどうだとか、全く見当外れのことを平気で口にしていた。校則を盾に、周りからの圧力も感じて、問答無用とばかりに那々を責め立てた。那々は心を開くどころか、ますます閉ざしていった。もはや教師でも担任でもなかった。担板漢《たんぱんかん》になって、大事なことを見落としていた。法律違反を取り締まる警察官と何も変わらなかった。いや、警官だって動機やいきさつを丁寧に聴取するはずだ。事件にもよるが、はじめから権力を笠に着て威圧的な態度に出ることはないだろう。いい歳をして私は未熟だった。那々が学校を去ってから、私は激しい後悔と自己嫌悪に襲われた。なぜ、もっと生徒の目線に立って、気持ちに寄り添うことができなかったのかとね。外見を直せ、直せと言う前に、生徒の事情や気持ちを考え、もっと言葉を選んで話すべきだった。ほんとうに今思い出しても恥ずかしい限りだ」

佐知夫に対したときの亀蔵と、那々に向き合った亀蔵は、まるで別人のようだった。二重人格というのではない。これも人間の生態と言えばそうなのかもしれない。もちろん、年齢に関係なく、ずっと変わらない人もいるだろう。亀蔵は、そうではなかった。

那々という一人の生徒が、担任教師と一度も心を通わせることなく、学校を去っていった。担任としてこれほどやりきれないことはないだろう。これを転機として亀蔵は圭角《けいかく》が取れたとか、転向したと言うのは、あまりにも事を簡略化して片付けてしまうように悠子には思えた。人間の哀れさや悲しい業のようなものを感じずにはいられなかった。

その一方で、悠子は別の受け止め方もした。

人は、自慢話をすることはあっても、ほんとうに苦い思い出や失敗には蓋《ふた》をするものだ。ましてや、他人に話すことなどまずない。そう考えると、自らの汚点を率直に吐露した亀蔵は、教師を辞めてもなお教師という職業に不抜の信念を持っているようだった。

成功談や美談だけを聴かされていたら、参考にはなっても、そういうものか、と思うだけで、強い印象は残らなかっただろう。今、亀蔵の話を反面教師として聴いたことで、佐知夫の一件が逆に際立ち、まばゆい光りを放ってくるようだった。

夕暮れどきの心地よい南風が、悠子のポニーテールを揺らし、吹き抜けていった。

「良いことも悪いことも含めて、私の話を聴いてくれてありがとう。悠子と話す中で、こっちが勉強になったり、気付かされたりしたことも多かった。今は、苦しいかもしれないが、悠子ならきっと乗り越えられると思う。そういう確信が私にはある。ただ、生身の人間だから、オーバーワークにだけはならないように。悠子を一番頼りにしているのは子どもたちだ。悠子に何かあったら困るのは子どもたちだからね」

亀蔵は、悠子の表情がはじめにここへ来たときと明らかに変わったのを見て取った。晴れやかな笑顔で、生気がよみがえったようだった。

「先生、先生ってほんとうに子ども思いなんですね。今日のお話を伺って身に沁《し》みました。私は表面的な現象にばかり囚《とら》われて、大切なことを見落としていたようです。それに、自分ではもう手に負えないなんて、責任逃れみたいなことを口走って。恥ずかしいです。もう一度自分をリセットしてやってみます。それから、クラスの子どもたちを引き込むということが大事なのですね。同じ目線で、子どもだからできることもある。私にはクラスの子どもの力を借りるという発想がありませんでした。もっと、子どもの可能性や感受性を信じていい。それも教育ですね。今日は先生の若い頃の苦い経験も聴けて、ほんとうに勉強になりました。教師だって人間だから、弱音を吐くこともあるし、それでいいんだなと思いました。そう言えば、先生があるとき、国家も人間も『夜郎自大』になってしまったら誰も助けてくれないとおっしゃっていたことがあります。先生ご自身がそうだったなんてちょっと信じられませんが、人は自分自身がその気にさえなれば、変われるものですね。先生の姿を見て、率直に思いました。そういう意味でも、今日はとても良かったです。先生から教えていただいた心構えややり方を、学校に戻って早速試してみます。もちろん、私なりにアレンジして。今日はほんとうに貴重なお話を聴かせていただき、ありがとうございました」

悠子は、ベンチから立ち上がった。

「ここで出会ったのも何かの縁かもしれない。また何かあったら、一人で悩まずにいつでも連絡していいよ。私は無職で、暇を持て余している身だから」

亀蔵は悠子に住所と携帯番号を教えた。

「ありがとうございます。先生もお元気で。今度は、三年四組のみんなと一緒にお会いできたらいいですね。それでは失礼します。さようなら」

公園を立ち去る悠子のポニーテールが、少しばかり弾んでいるように見えた。

気がつくと夏の主役の積乱雲が夕陽を浴びてオレンジ色に染まっている。公孫樹の葉が宝石のようにキラキラと輝いていた。

「どれ、今日の散歩はここまでにするか」

教え子と偶然再会し、思わぬことから七年前の記憶を辿ることができた。同時に苦い思い出も甦った。三十八年間の教員人生には実にさまざまな出来事があった。だが、今日、こうして悠子と話ができて、今まで味わったことのない、満ち足りた思いが頭の中を巡っていた。木の幹にからみついていたつる草がほぐれていくように、亀蔵のもやもやが晴れ、久しぶりにすがすがしい気分だった。

めったに音を発しないスマホが鳴ったのは、いつもの散歩から戻る途中のことだった。

××戦のチケットをお預かりしております。下記URLからチケットをお受け取り下さい。席種：1塁側大人・席番号GATE2A9列36番

画面にはプロ野球観戦の案内が入っていた。そんな予定など亀蔵にはなかったので、

何かの間違いではないかと思っていたら、続いて息子からメールが来た。

いつも靴磨きありがとう。送った野球観戦のチケットは、僕からの感謝の気持ち。試合当日までくれぐれもチケット情報を消去しないように

仕事を辞めて退屈しのぎに始めた朝の玄関掃除。そのとき、並んでいた息子の革靴があまりにも汚いのを見て、ついでにしたのが靴磨きだった。短時間で汚れだけをさっと拭き取ることもあれば、念入りにクリームまで塗って磨き上げることもある。いずれにしても、忙しい息子に代わり時間があるからしていることに過ぎなかった。

予想だにしなかった息子の粋な計らいに亀蔵は少し胸が熱くなった。先日は教え子に、今度は家族に感謝されて、素直に嬉しかった。この二つの出来事が、便便と日を過ごしている亀蔵の気持ちを少なからず高揚させた。

五

「小田先生の携帯でしょうか。突然お電話して申し訳ありません。私は工藤節子と申します。実は、先生の教え子である荒木悠子さんの友人で、彼女から先生のことをお聞きしました」

休日の朝、リビングで新聞を読んでいるときだった。社会面にはまたかというように教師の不祥事が、それも囲み記事で掲載されていた。

「こんなことを申し上げては失礼ですが、いまどき、高校生の不登校に一生懸命立ち向かった先生がいらっしゃったとは驚きました。はじめはテレビドラマの話かなと思ったほどです」

「いやいや、そんなことはありません。あれは、たまたまです。重いとか軽いとかは一概に言えませんが、世の中にはもっと根の深い不登校はたくさんあります。私の場合は保護者やクラスの生徒など周囲に助けられた面が大きい。いくら何とかしようとがんばっても、いろいろな制約や悪条件が重なって、行き詰まり、不幸な結果に終わるケースもたくさんあります」

亀蔵は、節子の言葉に応じて素直に気持ちを話した。

「私は今、小学校で四年生の担任をしています。ところが、つい最近、クラスの女の子の間でいじめがあることがわかり、もうどうしたらいいのかわからなくなって。手詰まりに陥ってしまいました。先生に何かアドバイスをいただけないか、助けてもらえないだろうかと藁《わら》にも縋《すが》るような思いで荒木さんから電話番号を聞きました。それで、失礼とは思いながら、思い切って連絡をした次第です」

節子の切羽詰まった感じと、率直なもの言いが亀蔵の平凡な日常を揺さぶった。不登校の次はいじめ問題かと、混迷する学校現場に亀蔵は溜息《ためいき》を吐き出した。

いじめは、一歩間違えば最悪の結果を招く。ちょっとからかっただけ、では済まない根の深い問題をはらんでいることもある。大人の感覚で、表面的な捉え方しかできないと、いじめの本質を見誤り、根本的な解決を遠のかせてしまう。

「いじめですか。大きな問題だね。わかりました。とにかくお話を聴かせてください。早い方がいいですね。私はいつでもかまわないから、工藤さんの都合に合わせますよ」

翌日の夕刻、自宅近くのカフェで節子に会い話を聴くことにした。

すらりとした身体に紺色のワンピースをまとい、ボブヘアにした節子は、明るく清爽な印象を漂わせていた。明朗な性格がすぐに伝わってきた。話しぶりにけれんみがなく、暗くなりがちな問題をあえて淡々と語ろうとする姿には、却《かえ》って痛々しさを感じたほどである。

「いじめはいつ頃から起きていたの？」

「わかったのは最近ですが、いじめが始まったのは一月くらい前からです。私は、まさか自分のクラスでいじめが起きていたなんて、気付きませんでした」

「きっかけは、何だったの？」

「保護者からの連絡です。私に相談したいことがあると言われて。それで、すぐに家庭訪問をしました。幸い本人が詳しく話してくれました。中身は悪口とシカト。それに、ＳＮＳ上での中傷に耐えられなくなったというのです。グループ内で、その子のあることないことを話したり、小さな紙片に悪口を書いて回したりしていたそうです。その子が近くを通ると、わざと会話を止めて、睨みつけることもあったといいます。まるで、近くを通るなとでもいうように。紙片は休み時間や帰り際に回していたらしいです。それが次第にエスカレートし、スマホ上でも『うざい』とか、『きもい』『きしょい』といった悪口が飛び交っているとも言っていました。名前は伏せてあっても、子どもにはすぐに誰のことかわかります。スマホでやり取りしながら不満を爆発させ、面白がっていたようです」

「スマホねぇ。小学生でも普通に持ってるんだね。『機事あれば必ず機心あり』ということか」

「えっ？　キジ……何とかって、先生、何ですか？」

「いや、何でもない。独り言だ。それより、『きしょい』っていうのはどういう意味？」

「はい、気色悪いという言葉の略語のようです。『きもい』と似ていますが、意味は『きしょい』の方が強いみたいです」

「そういうことか。言葉の暴力だね。ところで、この件は管理職にも報告したの？」

「はい。しました」

「それで、どういう反応だった？」

節子の表情が少し曇った。

「教頭先生に話したら、いじめかどうかまだ断定はできないが、クラスで起きていることだから、担任が、もう一度よく子どもから事情を聞いてと言われました。校長先生にも伝えておくからということでした」

「うーむ。これはもう明らかないじめだよ。まず、被害者の気持ちをしっかり受け止めてあげないと。このままだと、学校に来られなくなるかもしれない」

「そうなんです。実は、もう一週間学校を休んでいます。早く何とかしてあげないと……」

「長期欠席になる恐れがある。加害児童からは話を聴いたの？」

「それはこれからです。でも、どのように聴いたらいいか。保護者のこともあるし……」

「そうだね。目くじらを立てて怒っても子どもの心に真意は伝わらない。そうではなく、汚い言葉を発した真意を解きほぐしてあげるように聴かないと。そもそもいじめの原因は何なの？」

「グループに入らなかったことのようです。それと、加害者側の子が女の子の絵を描いていたとき、笑ったわねと言われたそうです」

「それは被害児童から聞いたことだよね」

「はい。でも、馬鹿にして笑ったとかじゃなくて、近くを通りかかったとき、何を描いているんだろうと思って、ちらっと覗《のぞ》き込んだだけだと言っていました。グループには特別仲良しでもないから入る気がなかったと話してくれました」

「なるほど。子どもの間ではよくあることだ。誤解や思い込みもあるようだから、加害児童にも確かめないとね。話を聴くときは一人ずつにして、場所は相談室のような静かな部屋がいい。まずは子どもの言い分にじっくりと耳を傾ける。詰問するのではなく、凝り固まった不満や鬱憤をほぐしてあげるという気持ちで向き合う。話している中で、子ども自身が何かに気付いたり、反省したりすることもあるからね。一方、先生が話すときは、子どもの表情や反応に十分注意しながら、叱るのではなく、教え諭すように。また、子どもは具体的に話さないとわからないものだ。汚い言葉、仲間外れ、無視、ＳＮＳによる嫌がらせなど、相手を傷つける言動はいけないことを、噛《か》んで含めるように教えるといい。教育的な観点からより良い方向に育てていくことが肝心だ。そして、一通り、聴き取りが終わったら、お互いの思い込みや気持ちのすれ違いを解消し、仲直りをする場を設ける。自分の非を認め謝ることと、それを受け入れることを教えるのも教育だ。最後に、これからは仲良く生活していくことを約束させる。もちろん、教師は、このあとも両者の動向を注意深く見守っていく必要がある」

　節子は、メモを取りながら亀蔵の話に、熱心に耳を傾けていた。

「わかりました。一方的にこちらが言葉を繰り出して、矯正しようとするのではなく、子ども自身の気付きや自省を引き出すことが鍵ですね。それから、先生、加害児童の保護者にはどのように対応したらいいですか」

「おそらく、自分の子どもがいじめに関わっていると知ったら、ショックを受けるだろう。子どもは、親に表面的なことしか言わないし、叱《しか》られるのが怖くて自分に都合のいいことしか話さない傾向がある。一方、親の方は、冷静さを失ってしまうと、子どもの言い分を真に受け、担任の姿勢ややり方に不信感や反発を抱いてしまうことがある。だから、保護者には直接会って、事件の内容を正確に伝える。根拠のないことや、想像でものを言うのはいけない。また、不用意な言葉を吐いて、あらぬ誤解を招いたり、揚げ足を取られたりしないように、慎重に言葉を選んで話す。それから、感情的になって親が子どもを問い詰めたり、責め立てたりしないようにお願いする。担任が既に事実関係を話しているわけだから、それを確認するというスタンスで子どもに聞いてもらうのがいいと思う。疑問があれば、いつでも相談に乗ることも伝えておく。一番神経を使わなければならないのは子どもに対してだけど、保護者の対応にも神経を使う」

「はい。加害児童の保護者にも、誠意を持って丁寧に説明するということですね。それと、先生、事実関係がはっきりしたら、子どもだけでなく、保護者の方からも時間を置かず謝罪してもらわなければならないと思うのですが……」

「そうだね。でも、その前に、被害児童と、その保護者にきちんと謝ることが先だよ。学校として、それから担任として謝罪し、二度といじめが起きないようにすることを約束する。学年主任や管理職にも同席してもらう。それが済んだら今度は、なるべく早く加害児童の保護者が被害児童の保護者に謝罪する場を設ける。このときにも学年主任や管理職にその旨を伝えて、担任が両者の仲介をするのがいい。保護者の問題は保護者が考えればいいと、放任したり任せっぱなしにしたりしない。保護者の意向にもよるが、担任が謝罪の場に同席することもある。とにかく、双方の保護者と連絡を密にして、わだかまりがなく、無事に謝罪が済むように最善を尽くす」

「そうですね。保護者同士にもわだかまりが残らないようにしなければなりませんね。先生、クラスの子どもたちにはどのように話をしたらいいですか。被害児童の友だちはとても心配しています」

話はほかの児童の対応に移っていった。これはこれで、難しいところがあると亀蔵は語った。

「子どもたちの間で、憶測が乱れ飛んだり、疑心暗鬼が生じたりしないように、また、加害児童にも気を配って、話をしないといけないね。被害児童については、クラスでいやなことがあって休んでいるという程度の話をしておくのがいいかもしれない。その上で、グループを作るのはいいけど、グループに入らない子や、ほかのグループの子とも仲良くしないとだめだと言って聞かせる必要がある。そして、仲間外れをしたり、陰で悪口を言ったりするのは、された本人がとても傷つくことだから絶対にしない。また、スマホも、お家の人とよく相談して、正しい使い方をする。誰かのことを面白おかしく話題にすることは、スマホの正しい使い方とはいえないことを教える。それから、ここが肝心なんだけど、もし、クラスで誰かが困っていたり、いじめられたりしているようだ、と思ったら、必ず先生に報告すること。黙って見ているのはいけないことだときっぱりと話す。同時に、先生に話せるオープンな雰囲気を普段からつくっておかなくちゃいけない。最近は、いじめも低年齢化しているし、さっきのスマホのようにいじめ方も変化している。いっそう、教師はアンテナを高くしておかないとね」

節子は、亀蔵の具体的なアドバイスに何度も頷いた。

「ところで、工藤さん、『ほう・れん・そう』は知ってるよね」

「はい。『報告・連絡・相談』のことです」

「そう。企業でもそうだが、およそ、組織では必要なことだね。これがきちんとできるかどうかは、責任問題にも関わってくるからね。特に、不登校やいじめといった重大な案件の場合には、必ず上司に報告・連絡をし、自分だけで解決が難しいと思ったら、相談……」

亀蔵の話が終わらないうちに、節子が口を挟んだ。

「先生、いじめがわかったとき、私はまず学年主任に報告しました。そしたら、一通り話を聞いたあと、教頭先生にも話しておいてと言われました。教頭先生に話したことは、さっき言った通りです。私の印象ですが、どちらもほんとにいじめなの？　という受け止め方で、相談するまで至りませんでした。クラスの中で起きた、子ども同士のもめ事と思われていたのかもしれません」

「なるほど。認識の甘さだね。忙し過ぎてやり過ごそうとしたわけではないと思うけど、ちょっと素っ気ない対応だったな。私は、不登校もいじめも、初動が大事だと思ってる。『霜を履《ふ》んで堅氷《けんぴょう》至る』ということわざを知ってる?」

節子が首を傾《かし》げたので、亀蔵はペンを借りて、節子がメモを取っている紙に書いて見せた。

「物事が起こるには前兆があることをたとえたものだ。前兆が見えたらそのために用心し、対策を講じなければならないという教えだ。早まった取り越し苦労と思われても、早く手を打つに越したことはない。今回の場合は、気付くのがちょっと遅かったが、そのあとの工藤さんの対応は迅速だった。おこがましいけど、こうして私にSOSを出したのもよかったと思う。楽観視したり、逡巡したりすればするほど、事態は悪化するからね」

率直なもの言いをする節子が、職場のことを続けた。

「実は、先生のところにお電話する前に、校長先生に呼ばれました。教頭先生からの報告を受けて、もっと詳しいことを私から直接聴きたいのだなと思いました。ところが、校長先生は、もし、これがほんとうにいじめなら教育委員会に報告するための文書を作成しなければならない。それで、これに必要なことを記入して持ってきてほしいと、報告書の下書きのようなものを渡されました。私はてっきり、話を聴いてもらって、助言の一つもしてくれるのだろうと思っていたので、ちょっとがっかりしました」

節子は正直だと亀蔵は思った。校長にも考えがあって、まず、報告書の下書きを見てから具体的な対応をしようと考えていたのかもしれない。しかし、亀蔵は、ここまで節子が困窮していることを、現場の人間が感じ取れなかったのかと訝《いぶか》しんだ。悠子のときもそうだったが、職員室の雰囲気はどうなっているのだろう。普段快活に振舞う節子も、はじめて直面したいじめは衝撃だったに違いない。おそらく、職員室に戻っても、いつものような明るさは見られなかっただろう。とするならば、席が隣や向かいの同僚が、「工藤先生、少し元気ないようだけど……」くらいの声がけができなかったものだろうか。いや、そんなこともなく、相談もできなかったから、私のところに来たのだ。亀蔵には、やるせない思いが湧いていた。

「あまりにも忙し過ぎて、教育現場からゆとりが失われている。『ほう・れん・そう』の中でも『そう』の部分が特に機能しにくくなっているようだ。職員間のパイプが細り、ひどい場合は動脈硬化を起こしているのではないか。その一方で、業務が一向に減らず、本来、子どものために使うべき時間が、別なことに費やされている。教員間の連携を密にし、ネットワークをしっかり構築しておくことが、さまざまな問題に迅速に対処する上で必要なのに、教師一人の肩にかかっている。自力で解決できないと、教師は孤立を深め、追い詰められ、手詰まりの状態になって、疲弊していく。結果的に、子どもを救えない……」

亀蔵の指摘に、節子は大きく頷いた。まさに、図星だと言わんばかりだった。

「亀蔵先生は高校教師だと伺っていましたが、小学校のご経験もあるのですか」

「えぇ、あります。小学校でも担任をしていました」

「なるほど。それで、納得できました。先生のお話はとてもわかりやすくて、細かいところまでよく注意を払われている気がしました。まるで、私のクラスの様子を知っていて、お話をされているように思えました。新任教員の研修より、ずっと話が個別具体的で、実効性のあることばかりだったのでとても助かりました。私も遠慮なく次から次と先生に質問して……呆《あき》れてしまわれたのではありませんか」

「いいえ。そんなことはありません。工藤さんは、とても熱心に、メモまで取りながら聴いてくれたので、こっちも話に力が入りました。お役に立つことが少しでもあれば嬉しいです。ほんとうに大変なのはこれからです。子どものためにやれるだけのことをやってみてください」

「はい。悠子に先生のことを紹介してもらって良かったです。私、このままだったら、闇に放り出されて何から手を付けていいのかわからなかったと思います。先生のお話は、暗闇を照らす一条の光になりました。帰ったらメモを読み返して、早速明日からの仕事に活かしたいと思います。このメモは灯火です。今日は、お時間を取っていただきありがとうございました。よろしかったら、先生のご住所を教えていただけませんか」

亀蔵は連絡先を節子のメモに書き記した。

「今日の学校は、常在戦場《じょうざいせんじょう》と言っていいかもしれないね。一瞬たりとも気を緩めることができず、常に緊張感を持って教育活動に当たらなければならない。肉体的にも精神的にも試練は続くでしょうが、一つ一つ壁を乗り越えて行ってください。相談事があったらいつでも連絡してかまいませんから」

「わかりました。今日は、ほんとうにありがとうございました」

節子の快活で澄んだ声が亀蔵の耳に残った。

外はもう夜のとばりが下りていた。亀蔵は節子を見送り、カフェを後にした。

六

亀蔵は今日も日課の散歩をしている。いつもの公園に立ち寄り、いつものベンチに腰掛けて、ふと上空を見上げると、空にはいわし雲が浮かんでいた。まだあれからそんなに時が経ったわけではなかったが、ここで、悠子と偶然再会し、話をしたことが懐かしかった。

その後、彼女は首尾よくやっているだろうか。何も連絡はないが、事態が好転することを願っていた。しかし、そう思う側から、不登校は簡単に解決する問題ではないので、解決の糸口が見出せず、膠着《こうちゃく》状態になっているのではと考えることもあった。

また、節子はどうだろう。職員室でいじめの共通認識は得られただろうか。被害に遭った児童の心のケアは大丈夫だろうか。加害児童のケアもおろそかにはできない。保護者の対応はうまくいっただろうか。二人の若い女性教師が孤軍奮闘する様子が目に浮かんだ。

散歩から帰ると、リビングのテーブルの上に亀蔵宛の一通の封書が置いてあった。郵便受けから妻が取ってきたものだろう。差出人は工藤節子だった。

拝啓
金木犀《きんもくせい》の香りが漂う季節となりましたが、お変わりなくお過ごしでしょうか。その節は大変お世話になりました。

さて、ご心配をおかけしたクラスのいじめも無事に解決することができました。被害児童と加害児童の仲直りもうまくいって、今は仲良く生活しています。また、保護者の謝罪もスムーズに進んでほっとしています。

学校は相変わらずの忙しさですが、どんなときでも、「子ども第一」「子ども本位で」という亀蔵先生の教えは忘れません。

それに、アンテナを高くして、問題の芽を早期に摘み取れるように心がけています。「霜を履んで堅氷至る」ですね。

それから、メモを読み返していて、スマホの話になったときに先生が呟かれた言葉が気になり、調べてみました。たぶん、この言葉ではないでしょうか。

「機械ある者は必ず機事あり。機事ある者は必ず機心あり」

私の座右の銘にします。

先生からはほんとうに多くのことを教えていただきました。ありがとうございました。

まずは一言、お礼申し上げます。

昼夜の寒暖差が大きい時節柄、くれぐれもご自愛くださいますようお祈り申し上げます。

敬具

十月十五日

工藤節子

小田亀蔵　先生

不登校と同様に、いじめにも唯一絶対の処方箋《しょほうせん》はない。試行錯誤し、紆余曲折《うよきょくせつ》を経て、解決に辿り着いた節子の姿が想像された。

いつもの散歩から戻ると、妻が亀蔵に話しかけた。

「あなた、けせま市教育委員会から電話があったわよ。主人はただいま不在ですと言ったら、また、電話すると言ってたわ」

「そうか。番号はわかる？　こっちからかけてみようか」

亀蔵はけせま市教育委員会に電話した。

「もしもし、私は小田亀蔵と申します。先ほど自宅にお電話をいただいたそうで、どういうご用件でしょうか？」

担当者につないでもらった。

「あっ、恐れ入ります。私は教育委員会の津田と申します。小田先生ですね。実は、お願いがあって、連絡させていただきました」

「はぁ。用件は何でしょう？」

「はい。今、本市では代替教員が不足しておりまして、先生に講師をお願いできないかなと思いまして。先生は、今、何かお仕事をされていらっしゃいますか？」

「いえ、何もしていません。講師ですか……校種は何ですか？」

「中学校です。先生は、高校の教員をされていたと伺っておりますが、中学校のご経験はありますか？」

「えぇ、あります」

「あぁ、それはよかった。もし、お考えいただけるのであれば、至急履歴書を送っていただきたいのですが」

亀蔵は、ずいぶん急な話だと思った。代替教員が足りないことは、けせま市に限ったことではない。講師を急いで探しているところを見ると、病休か何かで急に欠員が生じたのだろうか。

話を聴いてみるだけでもと思い、亀蔵は履歴書を書いて郵送した。

数日後、早速市教委から連絡があった。面接をしたいので、事務局まで来てほしいという。亀蔵は、指定された場所に出向いた。

「けせま市教育委員会の津田です。このたびは、履歴書をお送りいただき、また、面接にまで足をお運びいただきまして、ありがとうございます」

現れたのは、四十代の半ばかと思われる小柄な男だった。髪はスポーツ刈りに近い短髪だったが、ところどころに白髪が混じっていた。白色のワイシャツの右襟が、少しめくれていたのが気になった。教育委員会も長時間労働だと聞いたことがある。津田も夜遅くまで残業し、翌朝の出勤は早いのかもしれない。

「講師の依頼ということですが、欠員でも生じたのですか？」

「はい。市内の中学校で病休の教員が出まして、代替の先生を探しています」

やはりそうだったかと亀蔵は思った。

「最近は、病休の先生も増えているんじゃありませんか。全国紙にもときどき載ってますけど」

「おっしゃる通りです。本市でも、小学校中学校問わず、病気のために休む先生は増えています。身体だけでなく、心の病で休んでいる先生も少なくありません。教員定数は必要最小限なので、誰かが休めば現場は立ちゆかなくなる。すぐに、常勤や非常勤の講師を探さなければならないのです。また、今年度の教員採用試験は、小中ともに過去最低の倍率でした」

津田が若い人の教職離れにも言及したので、亀蔵は興味を持った。

「今、倍率の話が出ましたが、若い人に教職が敬遠されている。いったいどうしてだと思われますか？」

津田の答えは明快だった。

「教職に魅力がなくなったのが一番大きい理由だと思います」

「ほほぅ。どうして、魅力がなくなってしまったのでしょう？」

亀蔵は重ねて質問した。

「長時間労働だからではないでしょうか。とにかく先生は忙しい。朝早くから夜遅くまでやっています。テストの採点などは、個人情報だから自宅に持ち帰ることができず、学校に遅くまで残ってやっている。授業の準備は、自宅で夜中にせざるを得ない。加えて中学校では、部活動の指導があり、休日も出勤です。長時間労働が常態化している。それなのに、待遇は改善しない。今どきの言葉で言うと、コスパの悪い仕事ということでしょう」

長く現場にいた亀蔵にはどれも既知のことだった。津田に質問したのは、教育委員会という学校を離れたところにいる人が、どのように現場の状況を捉えているのかを知りたかったからだった。

「私も津田さんのおっしゃる通りだと思います。業務が膨大で、本来子どもに充てるべき時間がものすごく削られている。トイレに行く暇もないほど忙しく、給食は五分かそこらでかき込むっていうじゃありませんか。忙しいという漢字は、心を亡ぼすと書きますね。教員にゆとりがなければ、子ども一人ひとりに応じたオーダーメイドの教育なんてできるわけがない。一方で、デジタル化の波は、教育の世界にもどんどん押し寄せている。時間の短縮や業務の効率化などいい面もあるが、弊害もある。便利な道具のはずが、逆に道具に使われて、別の問題やストレスを抱えてしまう。社会科学の用語でいう『疎外』ですね。それから、教員の質もピンキリです。先ほど、教採の倍率低下の話がありましたが、これは教員の質に直結します。倍率を上げることが目的化し、小手先の策を弄して、局面を糊塗《こと》するようなことになっては本末転倒でしょう。質の高い先生をたくさん増やすために抜本的な対策が必要なんです」

津田も深く頷いた。

「本市においても、質の高い教員の人材確保と人材育成は急務だと考えています。教採のあり方や研修制度の見直し、労働環境の改善など教育委員会として、できることをしたいと思っています」

亀蔵が応じた。

「津田さんのおっしゃる通り、人の問題が一番大きい。ぜひ、市として打てる手があれば打ってください。ところで、今、一つ気になる言葉がありました。『人材』です。いやな言葉だと思いませんか。人を、資材や食材と同じように扱っている感じがする。人はモノではない。『人材』という言葉、少なくとも子どもの前では使いたくないですね」

津田はちょっと驚いたようだった。

「なるほど。先生のおっしゃる意味はよくわかります。恥ずかしいですが、今の今まで、私はこの言葉をそこまで深く考えたことはなかった。何の気なしに使っていました。いや、とてもいいことを教えていただきました。今日から『人材』という言葉は禁句にします」

「絶対に使わないで、と言ってるわけじゃありません。そんな権利はどこにもありませんから。言葉の感覚の問題ですよ。『人材派遣』『人材発掘』『人材確保』などなど、巷《ちまた》ではごく普通に使われている。要は、言葉の使い方一つで人をどこまで大切にしているのかがわかると言いたかったのです」

津田に笑みがこぼれた。

「先生、それで、講師は引き受けていただけるのでしょうか？」

亀蔵は、即答を避けた。迷いがあったのである。病休の先生の代わりに手伝いたい気持ちはある。が、一方で、それ以上にやってみたいことがあった。

「津田さん、実は今、考えていることがあるんですよ。それは、学校現場で一生懸命子どもに向き合いながら、壁にぶち当たったり、自分に自信を失いかけている先生の力になれないだろうかと。先ほど教員の質はピンキリだなんて暴言を吐いたが、ほんとうに子ども第一に孤軍奮闘している先生もたくさんいる。そういう先生が疲弊して倒れることがないように、何か手助けできることがないかと思ってるんです。だから、申し訳ないが、今回の講師の話はお断りします。その代わりと言っちゃおこがましいが、もしも、現場で苦悩している先生がいるという情報を教育委員会でつかんだら、私に教えてくれませんか。こんな私でもできることがあると思う」

亀蔵は自分の気持ちを率直に伝えた。

「子どもを大切にし、子どものために一生懸命に働く先生を応援したいという思いはよくわかりました。現場の大変さは私どもも把握しているつもりですが、教員一人ひとりの悩みや苦しみまでは、なかなかつかめません。校長先生などとの連絡をもっと密にして、先生方の相談にも対応できるようにしたいと思います。講師の件は残念ですが、仕方ありません。今度は先生のご要望に沿った形でお願いしたいと思います。

今日は、とても勉強になりました。ありがとうございました」

亀蔵は教育委員会を後にした。

テーブルにやわらかな晩秋の陽が射し込んでいた。亀蔵は自分宛に届いた封書を開けた。

拝啓

日増しに秋も深まってまいりましたが、その後、先生にはお変わりなくお過ごしのことと存じます。私も、元気に過ごしておりますので、ご安心ください。

さて、その節は、先生の体験談を聴かせいただき、貴重なアドバイスをたくさん頂戴しました。ありがとうございました。

不登校だった生徒は、夏休みが終わってから、週に一度か二度のペースで保健室に登校できるようになり、最近では毎日来られるまでになりました。ただ、まだ保健室への登校なので、焦らず回復するのを見守っていきたいと思っています。クラスメートの声を届けたり、ノートのコピーや学習課題を渡したり、私が授業のない時間は保健室で一緒に学習したりしています。引き続き生徒の気持ちに寄り添いながら、サポートしていきたいと思います。

今日、お手紙を差し上げたのは、その後の様子をご報告したいと思ったのと、もう一つお伝えしたいことがあったからです。

先日、ショッピングセンターでばったり孝雄に会いました。亀蔵先生のことを話したところ、先生も招待して、みんなで集まりたいね、という話になりました。そこで、年明けにクラス会を開催することになり、先生にもぜひ参加をお願いしたいと思います。孝雄は、同窓会のクラス幹事になっているので、みんなに連絡を取ってみるそうです。開催日時が決まりましたら、詳細をお知らせします。

久しぶりに三年四組のみんなと再会できることを楽しみにしています。先生のご出席をよろしくお願いします。

末筆ながら、先生のご健康をお祈り申し上げます。

敬具

十一月八日

荒木悠子

小田亀蔵　様

手紙を読んで、亀蔵は安堵した。時間はかかっても、生徒の気持ちを汲みながら、きめ細かく対応している悠子が頼もしかった。

中学校は義務教育なので、ある意味で高校よりも難しいところがあるだろう。しかし、学校に行けない一人の生徒を立ち直らせることに校種の違いはない。悠子に心の中でエールを送った。保健室登校から、最終的にはクラスに溶け込めるようになることを亀蔵は願った。

傍で妻が新聞を広げていた。

「あなた、中学校の記事が載っているわよ。働き方改革をしている学校があるみたい。ちょっと読んでみたら」

亀蔵が記事に目をやった。

その学校では、校長の主導で教職員の働き方改革を進めていた。会議の削減。毎朝の地区の立ち番の廃止。欠席連絡やアンケートの電子化。プール開放は夏休み前半までなど十項目以上の改善策を実行していた。

「なるほど。できることをどんどんやってる学校もあるな。いいことだけど、最後にこんな校長のコメントが載ってる。『小さなことでもやれることを進めてきた。それでも、先生たちは日々疲弊している。現に若手を中心に何人かが体調を崩して休んだ。学校現場だけでは限界がある。授業時間を減らすか人を増やすか。国として大改革をしないと現場はもたなくなりつつある』。現場の悲鳴が聞こえるようだよ」

「今の学校は大変ね。あなたにもまだ何かやれることがあるんじゃない？」

亀蔵は、先日教育委員会に行ったときのことを話した。

「いいと思うわ。そういうお話があったら、ぜひ受けてみたら。ところで、その手紙は？」

「あぁ、私が最後に担任したクラスの生徒からだよ。何でも年明けにクラス会を考えていて、私にも参加してほしいということだ」

「あら、担任も呼んでクラス会なんてうらやましいわ。あなたも結構慕われているのね。大勢集まれるといいわねぇ」

妻の言葉を聞き終わらないうちに、亀蔵の脳裏には、卒業式のあの日、生徒全員が教室で歌ってくれた「ジュピター」が甦った。

長い教員人生の大半を担任として過ごした亀蔵にとって、この曲は、生涯忘れ得ぬものになった。李乃、悠子、そして佐知夫……三年四組の生徒たちとの出会いから別れまでの全てが、この曲に収斂していくように思えた。それだけではない。これまで出会った全ての子どもたちへのオマージュでもある。

年明けに生徒と再会したら、もう一度この曲を聴きたい。いや、今度は一緒に歌ってみよう。今から歌の練習を始めないとな。誰もいない家の中もいいが、いつもの公園で口ずさむのも悪くないな。

亀蔵に密やかな楽しみが湧いた。

著者プロフィール

小野寺 康志（おのでら やすし）

1960年、宮城県気仙沼市生まれ。山形大学卒業後、宮城県内の公立の小学校・中学校・養護学校（現特別支援学校）・高等学校で教職に就く。2020年に県立高校を定年退職。その後、仙台市立の中学校と宮城県立の高校で講師を務める。

もう一度、ジュピター

2024年1月15日　初版第1刷発行

著　者　小野寺 康志
発行者　瓜谷 綱延
発行所　株式会社文芸社
〒160-0022　東京都新宿区新宿1－10－1
電話　03-5369-3060（代表）
03-5369-2299（販売）

印刷所　図書印刷株式会社

ISBN978-4-286-24786-1